很少有文体能像科幻作品这样既有文学性，又有科学的想象力。科幻能帮助孩子们建立起理性思维，培养孩子的想象力，留住孩子的好奇心。创作出让孩子能看得懂的少年科幻作品，是我一直坚持的目标。

杨鹏

这是一场战争，人类和太空病毒的战争。在战争中，尽管手里的情报很少，也得做出抉择。一艘飞船和一颗行星，这个天平只能是倾斜的。

　　我们的时间机器虽然不会对时空造成任何干扰，但它能把
人类历史进程整体加快。这种加快是全人类，甚至是整个生物
圈的整体向前平移……

在那些行星和这个体系中，存在无数纯粹的力量和纯粹的智慧，而我，是第一个使用了终极能量消灭物质的机器，也是最后一个。

希望所有的孩子，
在领略科幻小说的大气磅礴后，
对世界永葆一颗单纯的少年之心。

给少年的科幻经典

时空平移

王晋康 等 著

时代出版传媒股份有限公司
安徽科学技术出版社

TITLE: Slow Life

AUTHOR: Michael Swanwick

Slow Life © 2002 by Michael Swanwick;

it originally appeared in Analog Science Fiction.

中文简体字版权由上海高谈文化传播有限公司所有

图书在版编目（CIP）数据

时空平移 / 王晋康等著. —合肥：安徽科学技术
出版社，2023.6
（给少年的科幻经典）
ISBN 978-7-5337-8735-6

Ⅰ.①时… Ⅱ.①王… Ⅲ.①儿童小说—幻想小说—
小说集—世界 Ⅳ.① I18

中国国家版本馆 CIP 数据核字（2023）第 067225 号

时空平移
SHIKONG PINGYI

王晋康 等 著

出 版 人：丁凌云　　　　选题策划：高清艳　　　　责任编辑：李梦婷
特约编辑：陈　奇　　　　责任校对：戚革惠　　　　责任印制：廖小青
封面设计：叶金龙　　　　封面绘图：孙　屹　　　　内文插图：宥绘工作室
出版发行：安徽科学技术出版社　　　　http://www.ahstp.net
　　　　　（合肥市政务文化新区翡翠路 1118 号出版传媒广场，邮编：230071）
　　　　　电话：（0551）63533330
印　　制：安徽新华印刷股份有限公司　电话：（0551）65859551
　　　　　（如发现印装质量问题，影响阅读，请与印刷厂商联系调换）

开　本：635×900　1/16　　印张：14.5　　插页 4　　字数：145 千
版　次：2023 年 6 月第 1 版　　　　2023 年 6 月第 1 次印刷

ISBN 978-7-5337-8735-6　　　　　　　　　　　定价：29.80 元

打开少年科幻阅读之门

杨鹏

少年科幻作品的创作，一直存在着两种创作本位，即"儿童本位"与"成人本位"。虽然作者在创作时，未必能意识到这一点，但不同的创作本位，在看到的世界图像、展现的精神图景、表现的语言状态、展示的文本形态等方面，都是不一样的。

"儿童本位"是指作者始终站在少儿受众的本位去创作少年科幻作品。在他们的眼中，少儿和成年人一样，是完整、独立的，和成年人完全平等（甚至是更加聪明、具有后喻文化优势、不需要成年人去训诫的"人"）。他们从少儿作为"人"在这一时期的心理特点、兴趣爱好、知识需求、理解能力、阅读期待、与成年人及世界的关系等方面进行创作。作者的态度是防御性的，他们认为少儿的想象力和优秀品质是与生俱来的，成年人的某些僵化的思维与陋习会对孩子的童年和想象力造成损害，因此他们需要不遗余力地保护孩子的童年与想象力。这类作者是少年和儿童的代言人。他们在创作作品时，虽然不能完全放弃其作为成年人的一些特质，如成年人的世界观、价值观等，但他们是在有意识的状态下最大限度地舍弃了其成年人的角色，返回了童年。其实，许多作家内心深处的某一部分从未长大，永远停留在童年或者少年时期的某个阶段，所以他们清晰地记得自己在那个阶段的爱好、需求、对语言的感受、对成年人的看法、对世界的判断，以及什么样的科幻作品最能引起他们的兴趣。因此，他们不需要俯身去迁就少儿读者，只需要按照内心深处那个永远长不大的孩子的眼光、爱好、需求去创作，就能轻而易举地写出俘获少儿读者的科幻小说。

"成人本位"则是以创作者个人的成年人角色为本位去创作少年科幻作品。这一类作家在创作时会坚守自己的成年人视角、思维和理念。在他们的眼中，少儿是"不完整的人"，需要他们用科幻小说去潜移默化地植入正确的科学知识、科学理念、科学方法、科学思维，需要他们用代表人类先进文化、具有前瞻性的科幻小说为武器去抵御外来不良文化和愚昧思想的入侵。他们坚信只有这样，少儿在成长中才不会误入歧途，才能拥有正确的价值观，才能成长为优秀的"人"。这类作者认为他们是少年和儿童的教育者，他们也在保护着少年和儿童。不过，"儿童本位"作家抵御的对象是所有长大的成年人，而"成人本位"作家抵御的对象是与他们世界观不一样的成年人。这类作者在创作少年科幻小说时会俯下身去模仿儿童。他们中的大多数完整地度过了自己的童年，基本上没有童年创伤，但他们的童年经验是模糊、不完整的，甚至是缺失的。他们的创作经验多是来自创作成人科幻小说的经验。他们只是将主人公或主要角色转换成少年或儿童，运用他们心目中的儿童语言去为少年和儿童创作。他们在讲科学原理时，只不过是采用了更加浅显的讲述方式，在创作心态上始终高于儿童。

此外，对于未成年人来说，不同的年龄阶段对作品的需求是不一样的。孩子的年龄越小，在成长过程中阅读作品的形态变化就越大。即使到了小学阶段，低年级的孩子与中高年级的孩子阅读作品的形态也是完全不同的。上初中后，阅读作品的形态逐渐稳定下来，初中生和高中生阅读的作品只是知识和语言难度上的区别。由于这个原因，少年科幻作品在文本形态，如人物塑造、语言结构、故事性、知识程度等方面都是不同的，需要细分。"儿童本位"的作者在为小学阶段的孩子创作作品上更具优势，因为他们内心深处的某一部分仍然停留在这一阶段，深谙这一阶段孩子的心理特点、阅读期待和语言习惯。"成人本位"的作者在创作适合中学阶段读者的作品方面更具优势，因为这个年龄段的青少年阅读的作品与成年人的作品已十分相近，没有阅读壁垒和阅读障碍，心理认同上也更趋向于成年人。

"儿童本位"和"成人本位"在创作上没有高下之分。

好的作品都是孩子的良师益友。

　　本丛书收集了中外科幻小说名家专门为孩子创作的优秀少年科幻小说。这些作品同样可以用"儿童本位"和"成人本位"来区分。了解两种不同的创作本位，我们就得到了打开少年科幻阅读之门的一把钥匙。

目 录

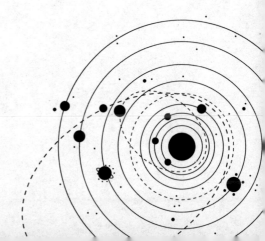

时空平移

王晋康

叶禾华是我大学的铁哥们儿。他的脑瓜绝顶聪明,是那种五百年一遇的天才。这么说吧,如果把他放到爱因斯坦、牛顿的档次,我不大有把握;若放在麦克斯韦、费米、霍金、杨振宁的档次上,我敢说绝对没问题。

他又是个品行高洁、志向高远、厚德笃行、以天下为己任的君子。在这方面我就不用瞎比较了,想想他的名字与谁的谐音,你对他的志向也就一清二楚了。

他是我的铁哥们儿,也是我情场上不共戴天的仇敌。话说我俩在南京大学物理系读大三时,来了个艳倾全校的大一校花。她叫易慈,要想形容她,用什么冰清玉洁、风华绝代都嫌不够味儿,只能借用多情公子段誉比较酸的一句话:老天把这个女儿造出来后,一定把天地的精华都用光了。她不光漂亮，还才华出众，能歌善舞，能诗善文。自打易慈来到南大，她一走到哪儿，那儿的气温就会唰地升高几摄氏度——是周围男生们火热的目光聚焦烧灼所致。

我当然不会耽误时间，立即全力向她发起攻势。按说我的条件也颇可自负：亿万富翁的独生子，身高一米八五，全校有名的帅哥，虽然学习不拔尖，在体育方面却是健将级别的。那时，跟在我身后暗送秋波的女生不在少数，当然，易慈一出现，其他姑娘就全被淘汰出局了。

叶禾华既然是我的铁哥们儿，当然就不会在我的攻坚战中袖手旁观。他充分运用他的聪明脑瓜，为我运筹于帷幄之中，有时也陪我决战于“战场”之上。长话短说，一年之后，我们俩终于抢在众多男生之前，合力攻下了这个“堡垒”，不过胜利者不是我。

说句公道话，在这一年的征战中，叶禾华绝对光明磊落，没有做过任何假途灭虢、暗度陈仓之类的小动作。最后易慈淘汰我而选中了他，那纯粹是她自己的选择。尘埃落定后，我既伤心又纳闷地问易慈：你怎么能看上这个小子？身高不过一米六，瘦不拉叽的，一副眼镜都能把他压成驼背。我并非是中伤自己的铁哥们儿，我说的哪样不是事实？易慈你再看看我，剑眉星目，宽额隆准①，胸部和胳臂上的肌肉鼓突突的……易慈拦住我的话头，笑靥如花，声音如银铃般醉人

---

① 隆准：高鼻梁。

（这声音让我心中滴血！），说："虎刚哥，凭三角肌找丈夫的时代已经过去啦！你为啥不生在美国西部牛仔时代呢？"

"那咱不说三角肌，说说经济条件——当然，21世纪的姑娘不看重金钱，但那都是情热如火时犯傻劲儿，等真正走进婚姻殿堂时，你就会变得现实了。我敢说，这辈子我能用金屋子把你供奉起来，让你过公主般的生活。他能吗？"

易慈仍然笑得那么欢畅。"凭我俩的脑袋，"她指指自己的头，"想要当个亿万富翁还不容易？分分钟的事，只看我们想不想找那个麻烦了。"

啧啧，她已经以"我俩"自称了。我不死心，还要说下去，易慈忙拦住我："虎刚哥，你就不要浪费唾液了，你想劝我放弃华华，那是绝不可能的，哪怕是他变心，我也要追在他后边死缠烂打呢。不过你千万别想不开，不是有句话嘛，大丈夫何患无妻，何况像你这样的白马王子，剑眉星目，三角肌鼓突突的，还怕找不到一个好姑娘？"她咯咯地笑。

我绝望地喊："问题是我的心已经死在你这儿了！曾经沧海难为水，除却——"

易慈赶忙截断我的苦吟："打住打住。"她略一沉吟，"这样吧，我给你一个许诺——如果我最终没能和华华成一家，你肯定是我的第二人选。行不？"

"你……会吗？"

她的眼睛闪呀闪地笑，就像深潭中的亮星："说不定的，你可以抱着百万分之一的希望嘛。"

我悻悻地说："你给我画了一个好大好圆的饼啊，小生这里先谢谢你了。"

这儿说不通，我又去找叶禾华谈判，我还没张嘴，他就先说："虎刚，我在这件事中绝对光明磊落，这你是知道的。"

我哼了一声："我知道你没做小动作，可是，易慈找你亮牌时你不会坚决拒绝？你就说我叶禾华响当当一条汉子，义薄云天，绝不重色卖友……"

叶禾华喊起来："说得倒容易！这么迷人的女子主动跑来说，'我爱你，这辈子非你不嫁'，如此等等，谁能拒绝？换了你，你能吗？"

他说得不错，平心而论，我也不能。我悻悻地说："看来我只好满足于当候补人选啦。"

显然易慈已经把她的"许诺"事先告诉了叶禾华，这家伙笑得喘不过气："好的，好的，你就在'第二位'那个位置上耐心等待吧，我绝不反对。也许有志者事竟成呢。"

那时谁都没想到，我的奢望最终竟成了现实，但我宁可不出现这样的结局。上天太残酷了，谁说善有善报来着？

大学毕业后，我去了父亲的公司工作。三年后父亲因病退休，我接手了他的事业，而且干得相当不错。内心深处，我知道这多半是为易慈干的——让她后悔拒绝了一个这么优秀的男人。这期间我身边自然少不了女友，但我没让任何一位对婚姻抱有奢望。我当然不会傻到相信易慈的"许诺"，但不管怎样，易慈结婚前我绝不结婚，这是我难以解开的心结。我父母身体都不好，想让我早点儿结婚，给他们生孙子孙女，我都借口工作忙而推脱了。

叶禾华和易慈联手创办了一个高科技小公司。依他俩的才气，这个公司应该办得很红火，实则不然，那个公司举步维艰，听说他们把赚到的钱都投到某项研究上了，忙得连结婚都顾不上。至于是什么研究，两人都说："暂且保密，等到该公布的时候一定第一个告诉你。"

大学毕业后第六个年头的春天，他们两人携手来我的公司总部找我。看他们喜上眉梢的样子，我知道那项研究有了重大突破。我唤女秘书倒了咖啡，让她退出去，关上门，然后直截了当地问："是不是成功了？看你俩笑得。"

"对，我们第一个来告诉你。理论设计和理论验证已经全部完成，下边该投入制造了。这绝对是一项划时代的发明，可以说，人类历史上任何一项发明，无论是火的使用、石器工具、铁器、核能、电脑等，都比不上它的零头。"叶禾华平静地说。

这话虽然听起来不着边际，但依我对他们的了解，他的话应该没有水分。"好啊，祝贺你们。"

"现在万事俱备，只欠东风——我们缺少制造它的经费。"

"找我借钱？"

"嗯，你愿意作为投资方更好。"

"咱哥们儿好说，你说吧，需要多少。"

"3亿。"

"什么？3亿！"我考虑了一会儿，试探地问，"你说的是3亿美元？约相当于3850万人民币（此时人民币在连续几十年地升值后，对美元的比值是1比7.8），这笔钱我挤一挤也许能凑出。"

"少胡扯，咱们三个都是中国人，干吗说美元？当然是人民币。"

"那我就爱莫能助了。"我摊开手，干脆地说，"给你3亿人民币，我的公司也该关门了。要不，你去找一家风险银行？我可以为你介绍一家，那个银行经理同我很熟，很热情的一个人。"

"他再热情我也不去。用句孙悟空对老龙王说的话，'走三家不如坐一家'，我俩就认准你了。"

"那也行啊，华华你只要忍痛割爱，"我朝易慈努努嘴，"我把半个家业割给你，眼都不眨一眨。"

易慈笑吟吟地骂我："狗嘴里吐不出象牙。喂，姓陈的，你到底帮不帮我俩的忙？你口口声声说你们是铁哥们儿，为朋友两肋插刀。就这样插刀？你肋巴上穿铜钱吧？"

"我再讲义气也不能把3亿打水漂啊。这样吧，说说你的发明是啥，我得先研判它的市场前景。你总不能让我隔着布袋买猫吧？"

"这话说得对，当然应该告诉你。"叶禾华侧脸看看易慈，"是时间机器。"

"什么？时间机器？听着，叶先生和易女士，我这个总经理很忙，你们若想讲笑话，咱们可以等到去度假的时候。"

"谁开玩笑？的确是时间机器。英国著名作家克拉克①说过：'高度发展的技术就是魔术，科学家能把凡人眼中的不可能变成可能'。"他仍是刚才那种平静的表情，"你不会不相信我俩的实力吧？"

"我相信你们的实力。问题是发明时间机器并非只是技术上困难，它如果能实现时间旅行，必然会干扰已经塌缩的时空，从而导致逻辑上的坍塌。有这么一则故事：一架时间机器降落在侏罗纪时无意间压死了一只蝴蝶，于是就引发了强烈的蝴蝶效应，让它出发前的时空变得不可辨认。"

易慈大笑："你说的正是我们成功的关键！与科幻小说中的时间机器不同，我们的机器是理想的流线型，不会对时空造成任何干扰。"

我不由失笑："流线型？那不是时间机器，是鱼雷。"

"原理是一样的。"叶禾华说，"你应该听说过21世纪初期就已经发明的隐身机器，它也是流线型的，其工作原理是：让光线从它身边平稳地流过，不激起任何反射、散射或涡流，于是在旁观者眼里，它就不可见了。这就是我们的时

①亚瑟·查尔斯·克拉克（Arthur Charles Clarke，1917—2008）：英国著名科幻小说家。与艾萨克·阿西莫夫、罗伯特·海因莱因并称为"20世纪三大科幻小说家"。

间机器的技术关键，它在时空中游动时不会造成任何干扰。"

我迟疑地说："你别以为我傻就想蒙我。这一步跳跃太大，刚刚还在说光线，怎么一下子就跳到了时空……"

"具体推导过程就不说了，要牵涉很高深的知识，一两句说不清的。再说，"他微笑着说，"我不认为在商场中堕落了五年之久的陈虎刚先生，还有足够清晰的思维理解这个过程。反正一句话：我们的时间机器在原理上无懈可击。"

我辩不过他，但他想说服我也没那么容易。我想了想，高兴地喊道："我发现你的话中有一个大漏洞！"

"什么漏洞？请指出。"

"即使你的机器不会对时空造成非人为的干扰，那么乘客呢？俗话说：人上一百，形形色色。众人的行为是不可控制的。这就有可能导致人所共知的'祖父悖论'——假若一个人回到过去，杀死他尚在幼年的祖父——"

他打断我的话，坚决地说："任何时间旅行者都不能做任何影响历史进程的事，那是比弑父更丑恶的罪行。凭这个道德律条，我们就能避开这个逻辑黑洞。"

我哂然道："用道德律条来保障物理定律的可靠？你不是在说梦话吧？"

"你以为呢？科学发展到今天，确实已经无法把人——自然界中唯一有逻辑自指能力的物理实体——排除在物理定律之外。我想你总不会忘了量子力学的内容吧，它在逻辑上的自恰就取决于波尔的一个假定：一个有意识的观察者的存在必然导致量子态的塌缩。很多科学家，包括爱因斯坦都猛烈攻击这个假定，结果是谁赢了，是爱因斯坦还是波尔？"

在他的利舌面前，我没有任何取胜的机会，只好撇开这种玄学上的驳难。我思索片刻，试探地问："好，现在先假定你说的是真的——"

"当然是真的！虎刚哥你今天真黏糊！"易慈不耐烦地说。

"好，我承认它是真的。但你说，决不能做任何影响历史进程的事，那就是说，即使它成功，我也不能回到过去，带回一件毕加索的手稿或一件中国元代官窑瓷器……"

"当然不能。"

"也不能到未来，去预先了解纳斯达克股票的走势或香港赛马的输赢……"

易慈恼怒地喊："虎刚哥，你怎么堕落到如此地步！一身铜臭，不可救药。"

我嘿嘿地笑着："没有我这个一身铜臭的朋友，你到哪里去借钱？不过对不起了，我不能借你们这笔钱，也不想投资，任何企业家都不会把钱投到毫无回报的项目里。抱歉啦，这会儿我还有公务，要不咱们得空再聊？"

易慈恨恨地瞪着我，拉着叶禾华说："咱们走！少了这个猪头咱就不敬神啦？"

华华倒是沉得住气，示意她少安毋躁，平静地说："咱虎刚哥绝对不是那种只认金钱的庸俗小人，怪咱没把话说透。"虽然知道他是在对我灌迷魂汤，但我心里还是很受用。

"虎刚你听我说，我们的时间机器虽然不会对时空造成任何干扰，但它能把人类历史进程整体加快。不不，这并不矛盾，"他看我想反驳，忙抢一步说，"这种加快是全人类，甚至是整个生物圈的整体向前平移，其内部状态并无任何变化，这就避免了'祖父悖论'。比如说，我们可以把历史进程提前十万年，那么我们仨照样去南大上学，当铁哥们儿，你成了成功的企业家而我们醉心搞研究，只不过这些事件都向前平移了十万年。"

　　我不怀好意地瞟了易慈一眼："那易慈仍然是你的恋人，而我只能喝干醋？"

　　他略带歉意，坦率地说："是的，只能是同样的结果。但你想想，你的3亿元会起多大的作用！人类文明史从有文字计起不过万年，即使从猿人学会用火的那一刻算起，也不过50万年左右（关于这一点尚无准确的说法，有人说是100万年）。对于拥有45亿年历史的地球来说，这只是很短的一瞬。但在这短短的50万年中，人类文明有了何等伟大的飞跃！可现在呢，这个进程能够随心所欲地加快，嘀——嗒，提前50万年；嘀——嗒，再提前100万年。这样的历史伟业归功于谁？咱们仨，南大三剑客。"

　　他描绘的灿烂前景让我怦然心动。果真如此，我们将是人类史上第一功臣，什么摩西、耶稣、释迦牟尼、穆罕默德、大禹、孔子、牛顿、爱因斯坦、唐太宗、成吉思汗、亚历山大、恺撒、大流士……所有伟人捆在一块儿，也赶不上我们仨的零头。有了这样的伟业，陈氏家族企业就是垮台又有啥值得可惜的，何况那时光机有了我的名声加持，就值一万亿了。我心动了，但仍不放心，问："你说的乾坤大平移，究竟咋实现？"

易慈不耐烦地说："虎刚哥你还有完没完？你反正相信我们俩就成，痛快地把钱拿出来，一年之后让你亲眼看到结果，不就得了。"

这事说起来简直像个"天字第一号"的大骗局，问题是我确实相信他俩，如果世界上还有人能鼓捣出时间机器，我相信非他俩莫属。再说，有易慈轻嗔薄怒地在旁边烧底火，叫我如何能开口拒绝。我狠狠心，掏出支票，写了一个"3"，再心疼地圈了八个"0"。我长叹一声："走吧走吧，省得我看见这张支票就肉疼。还有——祝你们早日成功。"

那两个家伙真不是吃素的，钱一到手，他们只用了一年时间就把"流线型时间机器"鼓捣成了。第一次试机时，他俩请我去观看。那玩意儿真的呈流线型，个头不大，也就两米长吧，前部浑圆，后面逐渐缩成一个尖尾。机身不知道是什么材料建成的，半透明中闪着光晕，漂亮得无以复加。我到时，华华正在做"流线度"的测验，即对着机头，严格顺着机身的水平轴线，打去一束水平方向的激光——这时从正前方看过去，时间机器忽然隐身了！华华说，这说明它的流线度为百分之一百，激光绕过它时仍严格保持着层流，没有发生任何反射、散射或涡流。

机身是从中间剖分的，打开上盖，里边有仅容两人躺下的舱位，侧边是各种神秘的仪表，方便在躺倒状态下进行操作。他们这就准备进去，开始这项人类文明史上最伟大的试验。

我说："喂，试验之前总得把话说明白吧，你们究竟是用啥办法把人类文明史进程提前50万年的？我是这样猜的，不知道对不对。你们是想——"我推敲着词句，接着往下说，"是想溯历史而上，找到猿人第一次使用火的时刻，再从那个时刻上溯50万年，找到另一个猿人，然后教会它使用火。对不对？"

华华夸我："猜得很好，大方向是对的，证明你这个商人还保持着起码的科学思维。不过这个方法尚有根本缺陷，因为那时的猿人已经生活在生物圈中，与环境息息相关，单单把猿人的进化提前而让其他生物保持原状，仍然会对时空造成强干扰。"

"那该怎么办？"

"很容易。众所周知，生命的起点是普通的无机物。大约38亿年前，在地球的原始大气和原始海洋中，借助雷电的作用，普通的无机物因自组织行为，偶然组成了第一个能自我复制的团聚体。这就是地球所有生物的元祖，唯一的元祖。它在地球上出现时并没有生物圈存在，所以把它前移，一点儿也不会干扰生物圈的整体进化。我们找到它，再把它移到自那刻计起的50万年前的海水中就行了。"

我简直是目瞪口呆，没想到如此伟大的历史跃迁能用如此简单的办法完成。但他们的想法非常有说服力——只要时间旅行能够实现，那么这事干起来确实就这么简单，想复杂点儿都不行。这就像是克隆绵羊多莉，那也算得上一项伟大的突破，是在生物最重要的繁衍行为上夺过了上帝的权柄。但这事是如何干的？用一根细玻璃管抽出细胞核，再注入空卵泡就行，其原理再简单不过。

他俩已经跨进机舱，头前脚后，平躺在相邻的舱位上，按动电钮关闭了舱盖，在通话器里对我说："虎刚，虎刚哥（这一声是易慈喊的），我们要走了。"

我的心绪极为纷乱，既有行大事前的血脉偾张，又有无法排除的担心——谁知道这趟首次航行是否顺利？两个朋友能不能回到今天？我用开玩笑来掩饰我的心境："祝你们一路顺风，回到过去后别多耽搁，那时有恐龙或火山大爆发等危险。"

易慈笑着说："喂，我们要出发了，再见。"

时间机器并没有动，舱盖缓缓打开，两人从舱位上坐起来，喜悦地说："成了，成了！"

我满脑门雾水，纳闷地说："什么成了？"

他们一边从时间机器里往外爬，一边说："就那件事呀，我们已经找到那粒生物元祖，并把它前移50万年了！"华华恍然大悟，对我说，"看来我真是高估了你的理解力。

我原想你应该知道的，时间旅行不管经过了多长时间，都可以在出发的原点时刻返回。当然，你想在出发后返回也行，甚至在出发前返回也不难，但那样会对时空造成不必要的干扰。所以，我们严格采用'原时返回'制。"

他们说得不错，但我在直觉上就是无法相信。我狐疑地打量着周围，喃喃地说："人类文明已经提前了50万年？但我周围没有任何变化。"

易慈对我的理解力直摇头："你真是个榆木脑袋，对你说过多少遍啦？这种提前是把整个生物圈做平移，是相对于地质年代的向前平移，但在生物圈中，当然包括在人类社会中，不会看到任何变化。准确地说，我们说的'原时返回'并不是地质年代的原时，而是提前50万年的、在人类社会中的原时。你听懂没有？"

我听懂了，但也不敢说完全懂。我想任何人处在我的位置——看着两位时间旅行者刚进机舱就出来，而且周围没有任何变化——也同样不会相信这两个家伙说的话。不过，这两哥们儿（妹们儿）的正直高尚我是深知的，他们不会编了这么大个圈儿来骗我。而且我也发现，从机舱出来后，这两人身上多了一些深沉和苍凉，那是经过沧桑巨变后才能形成的气质，只可意会不可言传。这种变化也让我倾向于相信他俩的话。叶禾华看出我的犹疑，笑着说："你难以相信，这我理解。俗话说眼见为实嘛。想要你相信也很容易，让你亲自去一趟不就成了？作为这个项目的投资人，你完全有这个资格。走，我领你去一次，让你亲自动手，把人类文明史再往前提个50万年。"

"真的？"

"当然。来，现在就去。"

我飞快地转着脑子，说："好，我去。但我有个条件——同易慈一块儿去。华华，你别担心我把你老婆拐到另一个时空卖掉，我是觉得易慈比你老实些，不会给我玩障眼法。"

两人都没反对，易慈只是哂笑着撂了一句："拐人去卖？就冲你那个榆木脑袋，指不定咱俩谁卖谁呢。"

然后她顺从地随我进到机舱，仍然像前一次那样，两人头前脚后，平躺下来。我不满地说："华华你这小子太自私，设计机器时只考虑你们小两口儿的身高，你看我躺下来连腿都伸不直。你别忘了，我还掏了3亿呢。"

华华脸红了，小声反驳："时间机器的尺寸越小越好，因为穿越时空所需能量与重量成指数关系，我这样设计还不是为你省钱。再说，连普通歼击机都对驾驶员有身高限制，何况是时间机器？谁让你长这么个熊个子。"

舱位也很窄，我和易慈的身体紧紧地挨在一起——对这一点我倒是没啥抱怨的。我用手拍拍身下的舱位，叹息着说："唉，咱俩身下假如是一张婚床就好了。"

易慈半支起身子，恼火地说："陈虎刚我真佩服你，现在是多么伟大的时刻——是把人类文明再往前推动50万年的前夜，你竟然对其他事情还念念不忘！"

我涎着脸说："宽容点儿嘛，我现在只剩下嘴巴痛快痛快的福分了。喂，躺下躺下，咱们开始吧。"

时间机器一开动，我就乖乖地不敢耍贫嘴了。我丝毫看不出它在移动，但外界突然被黑暗所笼罩，就像掉进了宇宙最深处的黑洞，让人胆战心惊。易慈熟练地操控着一个类似游戏机控制柄那样的玩意儿，说："既然你要亲身验证，我就在途中多停留几次，尽量让你多一些体验。第一站，咱们先降落到侏罗纪的恐龙时代吧。"

舱外的黑暗忽然退去，景物变得清晰，在草木森森的丘陵地带，十几个半猿半人的家伙在和一只华南虎拼命。我惊奇地喊："猿人！按地理方位看，一定是咱中国的南召猿人①。"已经经历过一次时间旅行的易慈一点儿也不好奇，咕哝了一句："我把时间调错了。"她把手柄那么一推，猿人刷地消失在黑洞中，等黑暗再度变成晴空，外面出现了一只凶恶的霸王龙，它惊怒地盯着从天而降的时间机器，准备向我们发起进攻。我惊慌地喊："快，快离开这个时空，别让这家伙把机器弄坏了！"

就在霸王龙向我们冲来时，时间机器倏然飞走了。我们就这样一站一站地往前回溯，舱外的景观越来越荒凉，繁茂

---

①南召猿人：1978年9月，考古工作者在河南省南阳市南召县的杏花山上发现了一批古脊椎动物化石和一枚古人类牙齿化石，这种古人类后被定名为"南召猿人"。

的被子植物变成裸子植物，变成蕨类，变成苔藓，变成海中的蓝藻，最后连蓝藻也消失了。易慈告诉我，时间机器已经越过显生宙、元古宙、太古宙，现在到了太古宙与冥古宙的交界时刻，即大约38亿年前。往舱外看时，我脑海里立即浮出一句话：天地玄黄，宇宙洪荒。蓝天白云倒是我熟悉的景象，但太阳跟我记忆中的相比显得较小（太阳在几十亿年中是逐渐膨胀的）。地上的景观则完全陌生，没有一丝绿色，更不必说动物了；没有常见的土壤，没有风化后变圆的山顶，只有棱角尖锐的蘑菇状岩石，或者是刚刚凝结、流痕清晰的火山岩流。清亮的水在火山岩上漫流，但目极之处看不到一条河床，这是因为水力切割和风化效应必须有"时间"做同盟军才能显出威力，而此时"时间之神"还没有深度介入。易慈警告我：这会儿可不能打开舱盖，因为外边是甲烷和氨所形成的大气，氧气极少，而紫外线又极强。

望着这蛮荒景象，我被深深震撼了。

易慈驾着时间机器进行地理上的平移，来到大洋之中。按照电脑中记录的时空四维坐标，探视头很快发现了上次放在这儿的"生物元祖"。它是一个在放大镜下才能看见的团聚体，有一个透明的外膜，说它是一个水泡似乎更合适些。我在屏幕上仔细观察它，实在难以相信这么个小不点儿竟是所有生物（包括美洲红杉、非洲猎豹、恐龙、座头鲸以及人类）的源头。易慈操纵一只机械手捞上了它，笑着说："再把它提前多长时间？还是50万年吧。不能再提前了，否则原始海洋温度过高，不适宜它存活。"

她拉了一下操作手柄，时间机器又唰地坠入黑暗。我俩盯着仪表盘，看着时间刻度往前一格一格地走，又回溯了50万年之后，她把时间机器停下来。外面的景象与50万年之后几乎没有区别，唯一的区别是：这时的海水中绝对没有一个团聚体。易慈让我用探视头进行了仔细探查，确认这一点后，又教我操纵机械手，把那粒"生物元祖"小心地倒入海水中。然后她微调时间手柄，从这一刻缓缓向后退，五年，十年，一百年。屏幕上显示，海水中的团聚体果然在一代一代繁衍，一代一代增多。易慈笑眯眯地看着我："时空大平移成功完成。看，你亲手把人类文明史又提前了50万年。这回你该满意了吧。"

我已经佩服得五体投地："信了，绝对信了。我们回去吧，华华恐怕已经等急了。"

我这句话仍是十足的外行话，叶禾华绝对不会着急，因为不管我们在"过去"逗留多长时间，我们仍然会在"原时"返回——是相对于人类社会的原时，而从地质年代来说，已经提前两个50万年了。叶禾华笑眯眯地迎接我，作为过来人，他当然知道这趟时间之旅对我的震撼。没等他问，我主动说："信了，我信了。我没法子用语言来恰当地描述我看到的一切，拍个马屁吧，我确信你俩是人类文明史上最伟大的人。"

"怎么是俩？是我们仁嘛。没有你的3亿，我们怎么能成功？"

这话让我心里再熨帖不过。我问："什么时候公布？"

"公布什么？"

"向新闻界公布啊，这样伟大的发明能不让整个社会知道吗？你们别担心大伙儿不信，我会用亲身经历来说服他们。再不行，拉上联合国秘书长和五大常任理事国的总统、主席们去旅行一趟，不就得了？保管把他震得一愣一愣的。"

那两人相视而笑："不，不发布任何消息，你也不许对任何人泄露。咱们说过，时间旅行者最严格的道德准则是：不准做任何影响历史进程的事。对外公布就有可能影响历史进程。你想嘛，那时候会有多少人想回到过去旅游？谁又能保证100万个旅游者中没有一个道德沦丧的家伙？不，这件事只限于我们仁知道，连你老婆——将来的老婆——都不能说。"

这么说，我投了3亿，不但得不到物质上的回报，连我曾寄予期望的"名声"也没了。我懊恼地说："咱们甘当无名英雄？要知道这次可有机会做空前绝后、顶天立地的超级大英雄啊。"

"对。无名英雄，永远的、千秋万代的、地老天荒的。"

"你们就一点儿也不受诱惑？干了这样的历史伟业却默默无闻。"

两人相视一笑："说一点儿不受诱惑是假的，不过我们有力量拒绝它。"

"那我呢，我那3亿就这么扔到38亿年前的海水里，连个扑通声都听不见？"

易慈故意气我，眉开眼笑地说："心疼了？后悔了？后悔也来不及了。"

我强辩道："咱陈虎刚干过的事绝不会后悔，不就是3个亿嘛，身外之物，不值一提。我只是觉得，就这样把文明史提前100万年并没有任何实际意义，你看咱们周围啥也没变……"

"但是等到太阳系毁灭时——任何行星都会毁灭，它的寿命用时间机器也改变不了，人类就会多出100万年的时间来做准备。100万年！足够我们向类星体移民了。"叶禾华说。

这种远大的目光和伟大的胸怀，我自愧不如。我叹息一声："难怪你妈给你起了个那么伟大的名字，我看连真神也比不上你的胸怀。赶明儿坐上时间机器，去太初时代找到他，让他把那个位置禅让给你吧。"

自那之后我们都恢复了往日的生活，就像一切都没有发生。我还在当我的总经理，叶禾华继续办他们那个不死不活的小公司，易慈这一段时间不怎么工作，忙着准备婚事。社会上没有一个人知道我们是干过"乾坤大挪移"的英雄，连些微的涟漪都没有，让我难免生出一点儿衣锦夜行的遗憾。当然细微的变化还是有的，那两口子干了这件事后，似乎毕生的心愿已了，今后可以安稳地当个普通人了，所以连他们的心肝机器也抛在一边，不再研究改进。这种心情我完全理解，想想他们干出了什么成就！凭两人——应该是三人——之力，硬生生把人类文明史往前拨了100万年！干了这样空前绝后的历史伟业后，如果还不满足，那就太贪得无厌了。

唯有我总是不甘心。为啥不甘心，不甘心又该怎么着，我不知道，反正心里觉得憋屈，连我曾干得有滋有味的总经理也没心思干了。半个月后我找到叶禾华："华华你别担心，你说咱们的功劳不对外公布，这事我已经想通了。就是想不通，我也不会纠缠你。"我先让他吃定心丸，然后继续说道，"我只有一个小小的心愿，你一定要满足我。"

华华多少带点儿警惕地问："什么心愿？只要不过分就行。"

"不过分的，不过分的。我来问你，这个时间机器既然能回到过去，当然也能到达未来，对不对？"

"那是自然。"

"咱们已经把人类文明往前提了100万年，对不？假如咱们还能生活在原来的时刻，那时的社会应该比未做'乾坤大挪移'前额外进步了100万年，对不对？"

"对。"

"那我的希望就是这个——到那个'原来的时刻'，也就是现在的100万年后去看看，看看社会能进步到什么程度，这个要求不算过分吧。"他有点儿犹豫，我忙保证，"我只是看看，绝不做任何影响历史进程的事，连机舱门都不踏出去一步，只待在机舱里朝外看。等于是我掏了3亿看了场无声电影，华华你就答应吧。"

叶禾华考虑了一会儿，答应了，说："可以。不过我和易慈先去一趟吧，100万年后谁知道是什么情况，也许地球人已经全都移民外星了呢。等我们先去一趟，再让你这个外行去，这样比较保险。"

他说我外行，其实我已经很内行了，我知道让他们先去一趟耽误不了我的一秒钟，因为时间机器都是原时返回嘛，便大度地说："行，你俩先去。"

叶禾华想给易慈打电话，又临时变了计划，说："她正忙着筹办婚事，我一个人去就行。"

我们来到停放机器的地方，他发动了机器，坐进去，同我说了"再见"。舱盖合上，旋即缓缓打开——我知道，他已经经历了一次前往未来的旅行，看到了灿烂的未来，可能也有惊心动魄的经历，然后在原时返回了。

我问："已经去过了？是什么样子？有危险吗？"

他的表情非常奇怪，与上次返回时大不相同。他坐在舱位上，很久都一动不动，眼中是冰封湖面般的平静。虽然在他面前，我算是个粗人，但也能看出他一定经历了极为剧烈的感情激荡。现在大火烧过去了，只留下满地灰烬。

我担心地问："华华，你这趟旅行……发生什么意外了吗？"

他从忧郁中回过神来，勉强笑笑："没什么。"

"一定有，华华，你要当我是朋友，就别瞒我。"

他苦涩地看看我："我不瞒你。虎刚，我没有回到100万年后，因为我在8万年后就停住了，我偶然注意到那个时代出了一个姓陈的伟人，是带领人类向外星系移民的先驱。我查了一下，知道吗？那人是你的直系后代。"

我十分高兴。"真的？你说的可靠吗？"

"当然可靠。那会儿我为你高兴，也很好奇，就从那个时刻溯着他的家族之河往回走，把这条谱系全部查清了，最后确实是归结到你这儿，没错。"

我乐得咧着嘴："那应当是好消息嘛。说说，查出我的老婆是谁？她的肚子这么争气，为我传下来一个这么伟大的玄玄玄孙。"

他又看看我，我真无法形容他的眼神！那是悲凄，是无奈，但似乎经历了千年的沉淀，已经结冰了。

他说："我也查清了，是易慈。你和易慈两年后将生下一个儿子，传下这个谱系。"

"你……你……你胡说八道！"我又惊又怒，失态了。"你把我陈虎刚当成什么人了？我怎么会抢你的老婆？过去咱们争过，那不假，但自从你们确定了关系后，我一直把她当弟妹看待。"

"不是你主动抢的，但世上很多事并非人力所能改变。"

"那你死到哪儿去了？你怎么肯把易慈让给我？"

他的眼神猛一颤抖，看来我脱口说出的这个"死"字戳到了他的痛处。他痛苦地说："你说得不错，那时我已经死了，是在去未来的第二次航行中，时间机器失事了。"

我的脑子猛一转悠，想通了这件事，猛然轻松了，不由哈哈大笑："华华呀华华，别难过了，你虎刚哥可以保你死不了，你的易慈也跑不了。你刚才说，你在去未来的第二次航行中时间机器失事了，那咱不去第二次不就结了？听我说，你赶紧从机器里爬出来，找到易慈，今晚就结婚，明年就生孩子。这就把你说的那场灾难避免了。就这么干！你赶快出来。"

我虽然在大笑，故作轻松，实际上内心深处也埋着恐惧。我觉得虽然我说的办法简单易行，但冥冥中，命运恐怕是无法阻挡的。这会儿我火急火燎地催他，实际是在掩饰我内心深处的焦躁。

叶禾华摇摇头，平静地笑着说："我不会做任何改变历史进程的事。"

他的话让我的心猛然一颤——这正是我担心的事。我破口大骂："放屁，全是放屁。要是明知道死神在前边守着还巴巴赶去，那你就是'天字第一号'的大傻子。别去了，听我的话，咱们找易慈去，今晚就给你们举行婚礼。"

叶禾华似乎已从灰暗情绪中走出来，他轻快地跳出机舱，笑着说："好吧，我这就去找易慈。不过，干吗要你陪，我一个人去就行。"

他步伐轻快地走了，把我一个人留在机器旁。我心里像刀割一样难受，我知道他刚才的表态是假的，轻松也是假的。关键是这人太高尚！他不会违背自己的道德准则，为了保持"原来的历史进程"，他一定会巴巴地赶去送死。我该怎么办？找易慈劝他？恐怕不行，那女子虽然开朗活泼，但是在道德方面的洁癖程度也不亚于华华。

忽然我茅塞顿开，我怎么这样傻！把眼前这个机器毁了不就万事大吉？他们目前就造了这么一台，即使再赶造第二台，我不给钱，到哪儿去找3亿的经费？再说，就是把资金弄到，造出机器也至少是一年之后了，一年中我肯定能想出更多的办法来改变这个"宿命"，说不定逼着他俩把孩子都生出来了。说干就干，我向四周扫视一遍，找到一个大扳手，拎过来，朝着舱位侧边的仪表盘狠狠地砸过去。刚砸了一下，忽然有人高喊："住手！"

是易慈，她手里托着洁白的婚纱，正瞪着我，眼神里充满惊恐与愤怒。"陈虎刚你在干啥？嫉妒我俩——咱仨——的成功？"这话说得颇不合逻辑，但这位才女在盛怒下没有意识到。"陈虎刚，我真没想到，你竟是这样的卑鄙小人！"

她扔下婚纱，哭着朝外走，我赶紧追过去，把她死命抱住："易慈你听我说，完全不是那么回事！"

我颠三倒四地说明了情况，我怀里的易慈不再挣扎了。她没有了力气，软软地跌坐在地上，泪眼模糊地瞪着天空。

我陪她坐下，看着她悲伤的样子，锥心似的疼。我说："易慈，咱们绝不能让他赶着去送死，一定得制止他！"但让我心惊肉跳的是，她并没有像我那样，紧赶着去设法改变这个结局。她的态度让我心凉，也许这真是宿命。也许她像华华一样，把"不改变任何历史进程"的道德律条看得比一个人的生命更贵重？可那个要去送死的人是她的挚爱呀。

我们凄然相对，默默无语。等我发现华华绕过我俩，偷偷钻到机舱里时，已经晚了。华华在通话器里喊："易慈，虎刚，我要出发了。"

我们大惊失色，连忙扑过去。舱盖已经锁闭，我用手捶着舱盖："停下，快停下，这事得容咱们从长计议！"

易慈放声痛哭，但让我焦躁、愤怒的是，尽管她悲痛欲绝，但她只是哭，并没开口求华华改变主意。我知道根子在哪里——他俩研制时间机器时，把时间旅行者的道德律条也当成基石，嵌在物理大厦的墙基内，如果硬要抽出它，他们建立的科学体系就要整体崩塌。这样做的残酷不亚于让华华去送死。

舱内的华华笑着说："我要走了。虎刚，我还得告诉你一句话——青史上的毁誉并不全都符合历史事实，对它不要太看重。古人还说过，'周公恐惧流言日，王莽谦恭未篡时。向使当初身便死，一生真伪复谁知？'只要咱们问心无愧，也就够了。"他往下说时相当犹豫，但最终还是把那句话说出来了，"据我见到的未来的历史记载，我第二次时间旅行的失事，是因为你想害我而破坏了机器。我和易慈当然知道这不符合事实。"

这么说，我成了一个卑鄙小人，为夺人之妻而对朋友暗下毒手。但我那会儿无暇顾及本人的毁誉，嘶声喊："华华，我确实破坏了时间机器，刚才我已经砸坏了仪表盘，你千万别开机！"

他笑着向我们扬扬手，然后我和易慈一个前扑，几乎跌倒，因为我们扶着的时间机器突然凭空消失了，没有像以往两次那样在同一瞬间返回。操作系统受损的时间机器虽然勉强出发了，但它肯定无法正常旅行和返回。我和华华以阴差阳错的接力棒方式，最终实现了华华的宿命：

——华华告诉我他的宿命。

——我砸坏时间机器想改变它。

——华华乘着部分毁坏的时间机器出发，无法再返回。

时间机器这会儿在哪儿？它可能在遥远的未来，那时地球上的人类已全部移民，寂无一人；也可能是在久远的冥古宙，那是没有任何生命的蛮荒之地。那么，待在不能重新启动的时间机器内，孤独地熬完最后的岁月，我的朋友该是怎样的心情？单单想到这点就让人肝肠寸断。

易慈肯定也想到了这一点，她晃了晃，晕倒在我的怀里。

从时间机器未能原时返回的那一刻起，我俩就知道叶禾华肯定回不来了。即使在那个与我们不同的时空里，华华改变主意要回来，并能够修好时间机器，那他也只会选择仍在"原时返回"。所以，他肯定不会回来了。但我们仍在这里守了几天，一直到心中的希望一点点幻灭。

易慈经受不住这个打击，精神有点儿失常，这几天她常常捧着婚纱，喃喃地说："华华，咱们不后悔，是不？咱们不后悔。"或者苦涩地对我说："虎刚哥，对不起，让你在未来落了个恶名。不过咱们不后悔，是不？咱们问心无愧。"

我只有苦笑，既悲伤又感动——照华华所说，易慈将会成为我的妻子。那么，作为一个卑鄙小人的妻子，她的名声也好不到哪儿吧，可她这会儿只知道为我叫屈，没想到自己。我装作大大咧咧的样子，说："没事，那都是8万年后的事了，誉之不喜，毁之不怒，只要咱们问心无愧就行。"

一年之后我俩结婚了。虽然易慈宁可为未婚夫终身不嫁，但我们不能"改变历史的任何进程"。这样做也是为华华赎罪，因为我俩后来不约而同地想到，叶禾华在决意赴死前的情绪激荡中犯了一个大错——把未来的情况告诉了我俩。一旦我俩因冲动而做出任何改变历史进程的事（比如：彻底砸坏时间机器，让他的第二次时间旅行根本无法成行；或者我和易慈为了避免历史的恶名而执意不结婚），对华华的道德操守都是一种玷污。所以，说句不中听的话吧，哪怕只是为了让华华不白死，我们也只能按他所说的历史原貌走下去。

我只要能同她百年偕老，即使让我上刀山下火海，我都不会皱眉。但千不该万不该，叶禾华不该让我"预知未来"，把我翘首以盼的幸运，变成不得不做的义务，尤其是把我俩的婚姻建立在他横死的基础上！结果，这场婚姻变成了我和易慈的原罪，它将伴随我们终生。

我想易慈也有同样的心结，看着她在生活中强颜欢笑，比杀了我更让我难受。

两年后，就在我们的儿子过周岁生日的那天晚上，我撇开他们娘儿俩，独自来到叶禾华的衣冠冢前。我带了两瓶酒，一边向坟上祭奠，一边自己喝，同时喋喋不休地诉说着："华华呀，我和易慈的儿子已经诞生了，那条历史上应该有的宗族谱系不会断裂了。我，未来历史书上盖棺论定的卑鄙小人，到此为止，已经尽了自己的本分。"我涕泪交加地说，"华华呀，你害苦了所有人，害了你自己，害了易慈，也害了我。你把一切都搞得乱七八糟。事情弄成这个样子，不是因为你的卑鄙、野心，或者是嫉妒心。都不是！恰恰是因为你过分高尚。你不该这样高尚，一个人不该高尚到如此地步呀……"

那晚我喝得酩酊大醉，在公墓待到深夜。易慈担心我，带上已熟睡的儿子，开车来公墓找我。听见我在华华坟前的哭诉，她没有惊动我，抱着儿子待在车上，也哭得一塌糊涂。

关于作者和作品

　　王晋康，中国当代科幻大师。迄今已发表短篇小说87篇，长篇小说10余篇，计500余万字。1993年，因10岁的孩子想听故事而偶然闯入科幻文坛。处女作《亚当回归》即获1993年全国科幻征文的首奖，随后获得第14届中国科幻银河奖、1997年世界华人科幻星云奖长篇小说奖、2010年国际科幻大会银河奖，2014年获全球华语科幻星云奖终身成就奖，2019年又获银河奖终身成就奖。代表作有《蚁生》《四级恐慌》《七重外壳》《生死平衡》《时空平移》《水星播种》《类人》等。

　　《时空平移》这篇科幻小说讲述的是"时间旅行"的主题，以主人公陈虎刚为第一人称进行叙述。作为企业家的"我"拿出3亿人民币，资助老同学——物理学家叶禾华和易慈两人发明了一架时间机器。借助时间机器，三人回到远古时代，将地球生命的元祖移植到100万年以前，这就意味着整个地球的生物圈同步往前平移了100万年，从而也使人类文明的进程提前了100万年。此后，叶禾华又单独去往8万年后的未来，在那里他发现人类星际移民的领袖是"我"和易慈的直系后代，而自己将在第二次的未来穿越中因意外死去。已经"预知未来"的"我"为了救下叶禾华，在冲动下打坏了时间机器。但是，一切营救的努力都成了徒劳。为了不影响历史的进程，叶禾华决绝地启动时间机器，一去不回。而"我"和易慈的婚姻成了一种枷锁，就像是赎罪，双方都始终忘不了叶禾华，生活在无法释怀的悲伤和痛苦之中……

真实的生活场景、热烈的情感表达、浓厚的哲理意蕴、炫酷的科技发明、魅力无穷的时空之旅……作家用精彩的故事打开了一扇通往过去和未来的大门，同时引发读者对人类命运的理性思考——"你没能改变我的死亡，但已经改变了我的命运。"

世界最高峰上的奇迹

叶永烈

一、石桌上的脚印

长长的车队在崇山峻岭中盘旋，经过近半个月的长途跋涉，我们终于看到了目的地的路牌——绒布寺。汽车刚刹住，还没停稳，我就急忙跳下了车。

我拍了拍鸭绒衣服上的尘土，取下墨绿色的护目镜，仔细打量起面前这座思念已久的山峰——珠穆朗玛峰。此时，珠穆朗玛峰上白雪皑皑，山峰像一座巨大的宝塔，昂然屹立着。山峰背后的天空非常蓝，蓝中甚至带了点儿黑色，一朵朵白云显得格外洁白，像刚从棉桃中绽露出来的棉絮一样洁净无瑕。

啊，这就是珠穆朗玛峰——世界第一高峰、"世界屋脊"的屋脊、我们这颗星球的最高点！我凝视着这座刺破青天的世界最高峰，思潮起伏、心潮澎湃。

这次，我们几百名科学考察队队员从祖国的四面八方聚集到首都北京，然后又千里迢迢来到这世界最高峰，为的是对珠穆朗玛峰地区进行综合性的、多学科的科学考察，探索珠穆朗玛峰地区的自然规律，为开发边疆、建设边疆做出新贡献。

参加这次大规模科学考察的，有中国人民解放军战士、登山队员和广大科学工作者。在这些科学工作者中，有研究气候学的，还有研究地貌学、动物学、植物学、土壤学、表生地球化学、高山生理学、冰川学和太阳辐射学等学科的科学家。而我呢，是专门跟化石打交道、研究古生物学的。

我们科考队的大本营安扎在绒布寺。绒布寺就在珠穆朗玛峰脚下，海拔5000多米，是世界上海拔最高的寺庙。绒布寺是一座古老的寺庙，它的前面有一片平地，我们的帐篷就将搭在这片平地上。在绒布寺的大门口，醒目地挂着一副新写的对联：

饮冰卧雪
志在顶峰

是啊，我们来到这儿，既是来攀登世界最高峰，也是来攀登科学的高峰！

我们古生物学考察小组总共有10多个人，小组的向导是藏族人门巴，他是一名解放军战士。我们刚刚把行李卸下来，把帐篷支好，就请门巴带我们到翻身农奴的家里去拜访。门巴是聂拉木县人，家乡离这儿不远，他对绒布寺一带很熟悉。他带我们去了老桑布的家——老桑布快70岁了，是土生土长的当地人，对这儿的一草一木、一山一水都了如指掌，是绒布寺的"老土地"。

老桑布戴着毡帽，穿着藏族民族服装，古铜色的脸庞上刻着一道道深深的皱纹。他一听我们是来自首都的客人，马上拿出酥油茶来招待我们。

通过门巴的翻译，我们知道了老桑布曾经的苦难身世，知道了绒布寺的悠久历史。当知道我们专门研究化石时，老桑布连忙问什么是化石。我告诉他化石就是古代生物的遗体和它们的生活遗迹被埋在地下后，天长日久变成的像石头一样的东西。我们还拿出各种各样的化石标本给老桑布看。

老桑布看了几块化石，突然用手猛拍盘坐着的膝盖，兴奋地说："你们就是来找这个东西的？来，跟我到绒布寺看看去！"

老桑布领着我们走进绒布寺的大殿，他径直走到佛像前的石头供桌边。他指着桌面上一块凹下去的印痕说："这'龙爪'是不是化石？"

大殿里光线很暗。我们因是白天出来的，都没带手电筒。大家凑在供桌前仔仔细细地看，也没看清楚。这时，老桑布用火点亮了一盏酥油灯，他把灯拿了过来，我们这才惊讶地发现那石头供桌上的奇迹：两个比脸盆还大的脚印！它们的样子有点儿像鸭子的脚印，趾间有蹼，但是有四个趾。两个脚印不是并排的，而是一前一后。

这石头莫非就是化石？为了看个究竟，大家七手八脚地把这石头供桌抬到了大殿外的走廊上。

在阳光下，我们不仅把那脚印看得清清楚楚，而且凭考察经验完全可以断定，这是一块十分罕见的动物脚印化石。

也就在这时，我惊叫了起来。原来，就在大家把石头供桌抬到外面时，那盏放在桌上的酥油灯也一起被抬了出来。我在阳光下一看，哟，那酥油灯的灯座不也是一块化石嘛！它是一块圆形的化石，上面凹了下去，正好用来装酥油，成了一个天然的灯座！

我们兴高采烈地把石桌和酥油灯灯座都搬回帐篷，认真地进行了分析和鉴定后，初步确定那脚印大约是古代的一种巨鸟或爬行类动物遗留下来的，而酥油灯灯座则是一块动物的脊椎骨化石。至于究竟是什么动物的脊椎骨，我们一时很难确定下来。

我们立即把发现化石的情况向科考队的队长做了汇报。队长非常重视这件事，号召全队向我们古生物学考察小组学习——深入群众，依靠群众，认真细致地进行科学考察工作。

二、老桑布的辛酸往事

那留有古代动物脚印的石桌是从哪儿来的？那酥油灯的灯座又是从哪儿来的？为了探源寻根，当天夜里，我们准备再去拜访藏族老人桑布，没想到，老桑布却掀开帐篷那厚厚的防寒门帘，来看望我们了。

老桑布捋了捋花白的胡子，讲起了这两块化石的来历以及他的辛酸往事。

那是1948年。一个漆黑的夜晚，农奴主闯进桑布家里，叫他明天一早去珠穆朗玛峰给一个外国的科学考察队当向导。至于当向导的佣金，早已被农奴主私吞了。

第二天拂晓，桑布穿着破破烂烂的羊皮袄，被迫带领外国科学考察队向珠穆朗玛峰前进。

天寒地冻，桑布感到全身仿佛被浸泡在冰水里。冷风从羊皮袄的破洞中吹进去，一直钻进桑布的骨头中。桑布咬紧牙关向前走去。走了没多久，刚刚爬上东绒布冰川，那些穿着厚厚的鸭绒登山服的外国人便呼哧呼哧地喘不过气来，再也走不动了。那个胖墩墩的、满脸横肉的科考队队长叽里呱啦地讲了一阵，通过一个尼泊尔人的翻译，桑布才弄明白他的意思——外国科考队不再往上走了，而要桑布和那尼泊尔人一起上去，找点儿岩石的样品下来，算是代替他们进行考察。

桑布只得和那尼泊尔人一起，迎着直扑人面的刺骨寒风，艰难地向北坳前进。那尼泊尔人也穿着破旧不堪的羊皮袄，冻得直打哆嗦。他一边走，一边告诉桑布，自己是被外国科考队雇来的贫苦牧民，迫于生活才给他们当向导和翻译的。

他们在北坳附近捡了几块岩石，其中有一块就是那酥油灯的灯座。同时，桑布还惊奇地发现，有一块岩石上居然有两个巨大的凹下去的脚印！

在回去的路上，他们遇上了狂风。那风呼啸着，夹带着雪粒和岩屑，这些小颗粒漫天飞旋，一时间天昏地暗。

幸亏桑布对这里的地形了如指掌，他侧着身子往下走，紧紧拉着那个尼泊尔人，带着他躲进一个冰洞里避风。

在咆哮的狂风止息以后，他们回到了东绒布冰川，却看不到那外国科考队的半点儿影子！

他俩以为，大约是那些"洋大人"受不住严寒，早就溜回绒布寺去了。然而，等他们到了绒布寺一问，所有人都说根本没见过那外国科考队——大约是那阵突如其来的狂风把他们刮进了深渊之中，使他们全队覆没了！

农奴主见了桑布他们带回的岩石，直说是"天石""神石"，因为这岩石来自"珠穆"——藏语里是"女神"的意思，是天赐的。于是，农奴主便把这些岩石供了起来，并把其中一块作为佛像前的酥油灯灯座，喇嘛们在每月的10日或15日会来祭祀。另外，农奴主一听说山上的岩石上有脚印，便一口咬定那准是"珠穆"下凡时留下的脚印，一定要桑布带着几个农奴去把那块岩石搬下来。

天哪，单是空手到北坳走一遭就已经够困难的了，而那留有脚印的岩石多大、多重啊，怎么搬得下来呢？然而，那时候农奴主的话就是"法律"，谁不服从，谁就得受惩罚。桑布没办法，只好和伙伴们上了山。他们花了三天三夜的时间，用撬棒和绳子搬运，费了九牛二虎之力，总算把它运了下来。在半路上，他们又遇上了铺天盖地的暴风雪，差一点儿从那陡峭的绝壁滚下去。

农奴主一看到那块岩石，就如获至宝，马上叫石匠打成供桌，供在佛像面前……

这就是这两块化石的来历。老桑布讲完这段辛酸的往事，眼眶里闪烁着激动的泪花。然而，当他听到我们说这两块石头是有很高的科学价值的化石时，眼角马上皱起鱼尾纹，高兴地笑了。老桑布自告奋勇地对我们说，他愿意当向导，带领我们到北坳去仔细考察。

"桑布大爷，你年纪这么大了，就别上去了！"我很为他的身体担心，说道，"你只要把详细的方位告诉门巴，让他带我们上去就行了。"

"不行，不行。"老桑布把头摇得像拨浪鼓似的，"这得我亲自上去才能找得到哇！你别以为我年纪大了，现在日子好了，我一直过着蜜糖一样甜的生活，身体可扎实哩！不信，明天比比看。论爬山，你们没有一个能比得上我老汉！"

老桑布抽了一口旱烟，然后十分严肃地说道："再说，过去给外国科考队做向导，那是被逼着干的，是在皮鞭下爬山的。如今，雪山上升起金太阳，我们农奴翻身当主人了，我是给祖国的科考队做向导——是冰山，我要攀；是雪峰，我也要登！"

"土吉其！土吉其！"我用刚从门巴那里学来的藏语连声说"谢谢，谢谢"。

那天夜里，我们考察小组的组员们一直反复思考着这位翻身农奴的话："是冰山，我要攀；是雪峰，我也要登！"

三、悬崖上的一窝蛋

高高的珠穆朗玛啊，

你是万山之王，

雄狮只能从你的脚下绕行，

苍鹰飞过，折断了翅膀。

高高的珠穆朗玛啊，

你像巍峨的城堡高耸云中，

只有勇敢的人，

才能爬上你的顶峰……

天刚蒙蒙亮，桑布大爷就唱着藏族民歌，来到我们的帐篷，带领我们向珠穆朗玛峰挺进了。

天渐渐亮了。东方霞光万道，群峰耸立在金色的晨曦之中。群山如镜，雪光耀眼。我们开始攀登冰川，鞋子在冰上发出"嚓嚓"的声响。冰滑坡陡，冰裂缝横七竖八，犹如蛛网。有的裂缝宽几米、深几十米，一旦失足滑下去，便会落入万丈深渊。为了防滑，我们换上了一种带铁爪的冰鞋，然后手拄着冰镐，一步一步向上攀登。老桑布带头，门巴压尾，我们在中间。大家用腰间的一根尼龙绳连在一起，以免失足落进冰缝。

珠穆朗玛峰雄踞于群峦之上，确实是座险峰：狂飙席地，飞沙走石，十分惊险；千仞绝壁，频频雪崩，十分危险；天寒地冻，空气稀薄，十分艰险。

我们与狂飙抗争，与绝壁抗争，与缺氧抗争。我们对高山的气候很不适应，由于缺氧，每走一步路，我们就得大口大口地吸气。在这里，确实每前进一步都必须经过战斗。我们对困难的回答是战斗，对战斗的回答是胜利。"世上无难事，只要肯登攀。"这句话鼓舞着我们前进，给了我们无穷的力量。

老桑布虽然年纪大了，但是步履轻捷，走得比我们快得多，真可算是"踏遍雪山人未老"！他一边走，一边还在陡坡上用冰镐刨出阶梯，帮助我们攀登。

走着走着，老桑布突然停了下来，向我们高兴地招手。我们赶紧向上攀登，终于爬上了珠穆朗玛峰跟前的北坳。我们走到老桑布那里，他指着一堆岩石告诉我们，那块做成供桌的石头和那个酥油灯的灯座，就是在这里找到的。我们赶紧用微型电影摄影机拍摄了现场。测定了方位后，我们开始在周围找起化石来。

我们分散开来，各自蹲在地上仔细地找，有时还用冰镐撬开大石头，查看底下的碎石。找着找着，门巴突然高声叫起来："找到了，找到了！"我们赶过去一看，呵，一块岩石上清晰地印着一行脚印！这脚印的大小、样子，都跟绒布寺供桌上的脚印差不多。这个发现给了我们极大的鼓舞。我们沿着那行岩石上的脚印追踪下去，不久，又发现了新的奇迹：半块鸭蛋壳似的石头。我仔细一看，认出这是一种动物蛋壳的化石。

有半块，就可能会有一块；有一块，就可能会有更多块。于是，我们开始东寻西找，想找到蛋壳化石。然而，我们找了半天，一块蛋壳化石也没找到，却找到了许多别的化石——螺壳化石、蚌壳化石、树叶化石……

我们在回绒布寺的路上遇到了科考队队长。他从半导体对话机中知道我们找到了不少化石，便特地前来了解情况、指导工作，并与我们一起把化石背回去。

当天晚上，科考队在绒布寺前的平地上——我们称它为"珠穆朗玛广场"——召开了全体队员大会。会上，科考队队长向大家报告了我们找到化石的好消息，再次号召全队要深入群众，依靠群众，还请老桑布介绍了绒布寺的历史和地理情况。

高原上的夜晚特别冷。夜幕像黑丝绒般漆黑，月亮像银珠般耀眼。夜虽深，人未静。深夜12点，科考队队长和我

们还在帐篷里研究着今天发现的化石。大家一致认为，现象是入门的向导，沿着今天发现的脚印、破蛋壳等化石继续追踪，一定可以顺藤摸瓜，找到更有价值的化石。

这天之后，在老桑布的带领下，我们往北坳和北坳周围不知去了多少次。每次攀登高峰，都是一场艰苦的战斗。珠穆朗玛峰的周围，到处都印上了我们的足迹。我们战斗在"山上没有草，风吹石头跑"的险峰上。

科学的道路是不平坦的，只有不畏艰险的人，才有希望到达那光辉的顶点。队长和我们经过多次调查、反复分析，认为最初找到的那个碎了的蛋壳，很可能是从更高处的岩石上被狂风吹下来之后摔碎的，而在更高处的岩石上，有可能可以找到完整的蛋化石。我们抬头仰望，面前一面刀劈似的绝壁高高地耸立着。要进一步考察，势必要攀登这陡立的峭壁。

老桑布听说要爬这峭壁，争着先上去。他用丁字镐在峭壁上一下一下地挖出一个个小坑，再小心翼翼地一步一步朝上攀登。他一边挖，一边登，登上去之后扔下尼龙绳，再把我们一个个拉上去。

在悬崖上，大家高兴得几乎要跳起来——我们发现了一块完整的蛋化石！这蛋化石呈长圆形，像蚕茧似的，但比蚕茧大得多，甚至比鹅蛋还大。

根据我们的经验，动物的蛋很少是单个的，一般总是成窝的，于是我们小心翼翼地扒开周围的泥土。哟，四周果然还有许许多多的石头蛋——蛋化石！它们大小一样，一个挨着一个，大头朝外，小头朝里，围成一个椭圆。我数了一下，足足有30个！最使我们感到惊奇的是，其中有一个蛋被一种半透明、黄褐色、松香般的东西包住，整个蛋完全被包在里头。我用微型电影摄影机拍摄了现场，之后格外小心地把这个包在"松香"中的蛋用一件鸭绒背心裹好，放进了背包。

四、"松香蛋"引起的争论

在悬崖上发现的这一窝蛋化石，终于被我们安全地运回了绒布寺大本营。经过检查，这些蛋化石都完好无损。

这些比鹅蛋还大的蛋究竟是古代什么动物的蛋呢？那个特殊的"松香蛋"又是怎么回事儿？我们仔细琢磨起这些问题来，并请了其他考察小组的科学家前来"会诊"。

经过讨论，大多数人都认为蛋与脚印是有联系的。这些蛋就是那留下脚印的动物生下来的。其中最有力的证据是，在悬崖上，在那一窝蛋化石旁边，我们还找到了几块有脚印的化石——上面的脚印与绒布寺石桌上的脚印一模一样。由于那脚印被初步确定为古代鸟类或爬行类动物的脚印，所以这窝蛋也就被初步确定为古代鸟类或爬行类动物的蛋。

我们最感兴趣的还是那个"松香蛋"。那层像松香一样的东西究竟是什么呢？大家提出了两种看法：

一种看法认为，这"松香"是类似琥珀的东西。琥珀也是一种化石，古代植物分泌出来的树脂被埋在地下，天长日久就变成了化石——琥珀。琥珀看上去跟松香很像，但是比松香要坚硬得多，有点儿像玉石。普通的琥珀是半透明的、漂亮的石头。也有特殊的琥珀，里头包着一些小动物。比如，我曾在云南的腾冲找到过一块琥珀，里头不仅有一只苍蝇，更有趣的是，还有一只蜘蛛——那只蜘蛛与苍蝇原本正在激烈地搏斗。那块琥珀使我浮想联翩，让我从中追寻亿万年前的往事——在古代的森林中，蜘蛛"摆起八卦阵，单捉飞来将"，这时，一只莽撞的苍蝇落进了蜘蛛网。蜘蛛爬过来想吃掉苍蝇，而苍蝇则垂死挣扎。正当它们紧张搏斗的时候，从树上滴下一大滴树脂，把蜘蛛和苍蝇全都包了进去。这滴树脂落到地上，被土埋掉。经过千千万万年，树脂变成了琥珀，而那蜘蛛和苍蝇仍栩栩如生地被包在琥珀之中……

　　不过，我找到的那块琥珀只有一个鸡蛋那么大，而这次发现的"松香蛋"，竟有一个面包那么大！如果说这是琥珀的话，那真是世界上罕见的大琥珀——那古代生物生了一窝蛋，那窝蛋恰巧生在一棵参天大树之下，从树上流出的一大团树脂把那个处于最低处的蛋包住，之后便形成了这块巨大的琥珀。为了证实这种观点，有人拿出了在现场拍下的摄影资料，果真不错，这个"松香蛋"在整窝蛋中处于地势最低的位置。

　　另一种看法则认为，这个"松香蛋"不是因为树脂包住了蛋形成的，而是因为动物卵巢中含有某种类似树脂的黏胶而形成的。很可能是那古代动物产到最后一个蛋时，排出了一团黏胶，进而形成了这个"松香蛋"。

双方针尖对麦芒，展开了激烈的争论，但一时谁也说服不了谁。

有几位来自光学研究所的科学家，他们本是到珠穆朗玛峰考察太阳辐射情况的，听了我们的争论，便对这个"松香蛋"进行了光学检测。他们用一种新的X射线——软X射线照射"松香蛋"，再将图像放大并投射到白色的屏幕上，结果发现，在那蛋里头还有一个非常完整的蛋黄呢！

最令人吃惊的是，当轻微摇动这"松香蛋"时，蛋黄也会轻轻晃动！这就是说，"松香蛋"和其他蛋化石完全不同：别的蛋化石由于长期被埋在土中，遭到了矿物质渗入，所以久而久之变成了化石。而这个"松香蛋"由于外边包了一层"松香"，矿物质无法渗进去，所以它仍保持着蛋的原状——蛋壳内有蛋白，蛋白里还有蛋黄。

于是，又有许多科学工作者加入了对"松香蛋"的研究。大家开玩笑说，这是对"松香蛋"进行"多学科综合考察"哩：研究化学的科学家，从"蛋白质隔绝氧气和细菌的条件"出发，探讨"松香蛋"内的蛋白、蛋黄是否已变质；研究物理学的科学家，仔细测定"松香"内那个蛋的比重和体积；参加过长沙马王堆汉墓考古工作的科学家，又从考古学的角度提出了许多宝贵的意见。

最出乎意料的是，生物学考察小组的科学家们提出了一个大胆的设想——他们曾在中国东北地区以及河北省的煤矿中找到好多颗夹杂在煤层中的古代莲子。据考证，那些古代莲子起码有1000年的历史了。古代莲子外边包着一层坚硬的外壳。起初，他们把这些古代莲子浸泡在15摄氏度至25摄氏度的水中，浸了8个月却不见动静。后来，他们用锉刀小心地把古代莲子的外壳锉开一条细缝，然后把它们浸在水里。没几天，这些古代莲子竟发芽了，生长了，后来还开出了鲜艳的荷花。现在，这古莲已经被大量种植，成为我国荷花中的一个新品种，这件事也轰动了全世界。参考"古莲复活"的案例，生物学考察小组的科学家们认为，也许有什么办法能使这个被"松香"包着的蛋孵化，没准儿能孵化出古代的动物来！

为了进一步为他们的大胆设想寻找科学依据，生物学考察小组还查阅了不少科学文献，提出了许多重要的例证：

几十年前，在法国南部，为了疏浚一条流入地中海的运河河道，人们把整条运河的水放干了。一段时间后，在裸露出的运河河底，居然长出了大量的海荞麦。然而，在法国南部，人们根本不种这种庄稼。人们进行了考证才发现，原来在几百年前，有一条外国的船沉没在这里，船里装着海荞麦的种子。这些种子被河泥遮盖起来，在河底"休眠"了几百年。在河水被放干之后，它们就"醒"过来了。在呼吸到新鲜的空气之后，它们就在阳光下生长起来了。

多年前，人们在西伯利亚的永久冻土带里挖出了一头被冻了几千年的古象——猛犸。这猛犸当然是死了，可尸体却完好无缺。令人吃惊的是，人们从猛犸的鼻黏膜上刮下来一点儿东西去培养，结果竟然培养出了活的古代微生物。也就是说，这些微生物在冰冻状态下被"贮存"了几千年，还一直是活的！

更有说服力的事件发生在1973年12月。美国科考队在南极考察时用钻探机进行钻探，从128米深的地下取出岩石样品后，发现样品中有一种特殊的细菌。他们把这种细菌进行培养，细菌居然复活了！起初，他们以为也许细菌是被钻探机带到样品中去的，于是又反复试了几次，结果发现仍有这种细菌！经考证，那些细菌在那冰冻的地下已经生活了一万多年。也就是说，一万多年前的古代细菌，如今也复活了！

科考队的领导很重视生物学考察小组的意见，认为这种大胆的设想是建立在一定的科学基础上的，因此有一定的可行性。队长决定，立即派我和门巴带着"松香蛋"坐专机回中国科学院，由我们组织会战小组，进行孵化试验。

五、玉雕工人巧取蛋

我和门巴乘坐的高速喷气式飞机刚刚在首都机场降落，前来迎接我们的中国科学院古生物研究所的科学家就告诉我们，会战小组已经初步组成了。

原来，中国科学院院长接到科考队队长的传真电报，认为这是一项具有重大意义的科研工作，于是立即向中国科学院所属的各研究所发了通报，并确定了参加会战小组的单位名单，其中包括古生物研究所、生物研究所、考古研究所、古脊椎动物研究所、化学研究所和物理研究所等。

中国科学院院长考虑得非常全面、非常细致，他认为，要孵化那个"松香蛋"，会涉及从"松香"中取出蛋以及孵蛋等许多技术层面的问题，因此还特地请了"红星"孵鸡场和玉石雕刻厂的师傅们加入小组。

没多久，各研究所的代表都来到了中国科学院。有40多年孵鸡经验的老农金大爷和青年玉石雕刻女工小杨也赶来了，他们将一起参加这项重大的科研工作。

正如中国科学院院长所预计的那样，那蛋整个被包在琥珀似的"松香"内，要孵蛋首先要取蛋，而要取蛋就必须先打开那坚硬的"松香"外壳，又不能使蛋有丝毫损坏！

会战小组遇到的第一个难关，便是如何取蛋。

对于取蛋，会战小组的许多成员都感到十分棘手。谁都知道，蛋壳又薄又脆，稍一受力就会破碎，可如果用力不够，那对打开坚硬的"松香"外壳来说，根本无济于事。平常生活中，要想敲去皮蛋外边的那层泥而使皮蛋不破，已是不容易的事，而这"松香蛋"外边包着的"松香"比皮蛋外的泥还要坚硬百倍！

攻关的唯一办法，还是依靠群众，发动群众。

中国科学院物理研究所的科学家们提出了许多方法：有

人说用热胀冷缩法，即把"松香蛋"加热，然后突然将其放进冷水中，使它外面的"松香"脆裂。不过，这么一来，那蛋也就被烧熟了，无法孵化。也有人建议用超声波切割。但是，蛋和"松香"是紧紧相连的，很难保证超声波在切割时不把蛋也切成两半。还有人建议用激光切割，这方法同超声波切割一样，可能导致"玉石俱焚"。

中国科学院化学研究所的科学家则建议，用强腐蚀性的溶液腐蚀"松香"外壳，但这也很难保证蛋壳不被一起腐蚀掉。

取蛋之难，不仅难在"松香"硬、蛋壳薄，而且还难在这蛋独一无二、举世无双，万一有失，不可弥补！如果在悬崖上发现的那一窝都是"松香蛋"，倒可以用各种办法试试，而如今只有一个"松香蛋"，一旦取蛋失败，就会前功尽弃。因此会战小组一致决定：没有百分之百的把握，绝对不取蛋！

就在大家议论纷纷、想不出好办法的时候，在一旁沉思了许久的小杨说话了："我有个办法可以试试看。我是玉石雕刻厂的女工，我们雕刻工人整天与玉石和琥珀打交道，我看这包在蛋壳外的东西很像琥珀。玉石等材料虽然硬，但是有一个很大的弱点——脆。我们在雕刻前，常要把整块的材料分割开来。我们不与它硬来，而是抓住它的弱点猛攻——按照材料的'走向'钻一排小孔，再把一个个小孔钻深，打入楔子，使材料按照我们的意图，服服帖帖地沿着那一排小孔裂开来。我想，能不能就用这办法试试？"

大家一听，都觉得是个好办法，就请小杨先表演一下看看。小杨从手提包中拿出一块琥珀，用一个小钻头钻了一排小孔，然后把一个铁楔子打进去。果然，那琥珀按小杨指定的方向，轻轻巧巧、整整齐齐地裂成了两半。

经过会战小组全体成员讨论，大家一致同意请小杨来攻克"取蛋"这一难关。

小杨听了，很慎重地说："这任务非同一般，我一个人还没有百分之百的把握。这样吧，我代表我们玉石雕刻厂把这个光荣的任务接受下来。至于如何取蛋，我则要把这任务带回去，请全厂的工人师傅讨论，献计献策，我们共同攻克难关。"

第二天，玉石雕刻厂特地派来了十几位富有实践经验的老师傅，他们共同研究取蛋方案。他们经过周密分析，最后决定由胆大心细的小杨负责操作。

小杨开始取蛋了。会战小组的几十双眼睛，紧盯着小杨的一举一动。只见小杨非常熟练地用小电钻在"松香蛋"上钻了一排小圆孔，然后把小凿子插进小圆孔，再拿小榔头对准凿子……只听得"笃"的一声，顿时，那"松香"外壳按小杨指定的方向，裂成了两半。大家都赞叹不已，非常佩服小杨高超的手艺。

接着，小杨轻轻分开两半"松香"，取出一个光洁的、青灰色的蛋。尽管大家都想细细看看这奇特的蛋，但我和门巴出于安全考虑，连忙上去，把它轻轻地放进了装有消毒棉花的有机玻璃盒子里。

取蛋这一关，总算顺利地通过了。

六、孵鸡老农巧孵蛋

紧接着是攻克第二道难关——孵蛋。

就在小杨他们研究取蛋的时候，"红星"孵鸡场也成立了孵蛋攻关小组，组长就是老农金大爷。

孵蛋的关键在于准确把握孵化期间的温度：温度太高会把蛋烧熟，温度太低又孵不出来。

金大爷告诉我们：鸡蛋孵化的温度头五天要高一点儿，39.5摄氏度左右，之后再降至38.5摄氏度；鸭蛋孵化的温度比鸡蛋的低一点儿，头五天是38.5摄氏度，之后降到38摄氏度；鹅蛋孵化的温度，比鸭蛋的还要稍微低一点儿……

然而，这个蛋是古代动物生下来的，怎么知道它会在什么温度时孵化呢？

金大爷不仅对孵鸡蛋、孵鸭蛋、孵鹅蛋很在行，对其他动物的蛋的孵化也很有研究。金大爷告诉我：乌龟的蛋一般是产在沙中的。乌龟不像母鸡孵小鸡那样整天卧在蛋上，靠自己的体温使蛋孵化，乌龟孵蛋，靠的是阳光带来的热量。乌龟每过几天来看一次，并经常翻动那圆圆的蛋，使蛋的各个部位都有机会吸收热量。过不了多久，小乌龟就破壳而出了。

金大爷的话给了我很大的启发。可不是嘛,那天,我们在悬崖上发现这窝蛋时,看到周围有许多沙,会不会这古代的蛋也是靠太阳晒热了才能孵出来呢?

金大爷和孵鸡场的许多老师傅反复商量,最后得出结论:我们发现的蛋大,孵化温度应该比鸡蛋、鸭蛋、鹅蛋的低一些,预测在30摄氏度左右。

孵化试验开始了。金大爷把蛋放在特制的恒温箱中,温度保持在30摄氏度。箱子上还开了一个小孔,便于大家随时观察,进行记录。

自从孵化试验开始以来,会战小组的组员们几乎天天围着恒温箱转,大家焦急地从观察孔中观察那一动不动的蛋。在绒布寺大本营的科考队队员们也几乎每天都来电话,询问孵化试验的进展。

时间一天天过去,那蛋还是老样子。我们都非常着急,只觉得时间过得太慢。

就这样,半个月过去了,那蛋还是一点儿动静也没有。不少人有点儿沉不住气了。有的说,可能孵化温度太低了,那蛋很大,壳一定很厚,温度要高一点儿才行;也有的说,孵化温度太高了,就算它对温度的要求跟乌龟的蛋一样吧,可乌龟的蛋在白天太阳晒着时能达到30摄氏度,而在夜间气温低时则达不到,所以孵化温度要低一些才行;还有的干脆摇头说,古代动物的蛋要是能孵出来,那简直是"床下放风筝——异想天开"!这蛋本身就是个"坏蛋",怎么能孵得出来呢？

　　然而，金大爷却充满信心，显得很有把握。他说："我们孵鸡老农有句行话，叫作'鸡见鸡，二十一'。意思是说，母鸡孵小鸡，到了第21天才能见到出壳的小鸡。还有一句歇后语，是说'二十一天不出鸡——坏蛋'。也就是说，鸡蛋到了第21天还孵不出来，那才是'坏蛋'。孵鸭蛋比孵鸡蛋还慢，要28天。孵鹅蛋要30天。咱们这蛋又大，壳又厚，我看比孵鹅蛋还要慢。现在才过了半个月，还早着呢！"

　　其实，金大爷心里也很着急，他每天都用灯光照蛋，观察蛋内的变化。他已经看出蛋内出现了许多网线——胚胎内的血管在不断形成、伸长。

　　过了一个月，蛋还是没有孵化。一直到一个半月后——过了整整45天，那蛋壳才开始破。尽管大家都急切地想看看从蛋里钻出来的究竟是什么东西，但都克制着自己，把观察孔让给了电影摄影师，使他能将这精彩的出壳镜头完整地拍摄下来。

七、自告奋勇养朗朗

　　从蛋里破壳而出的究竟是什么东西呢？

　　等拍摄完毕，大家才看清楚：钻出来的动物长脖子、大屁股、小脑袋，样子有点儿像鸭子。然而，它浑身光秃秃的，没有一根羽毛，还拖着一根长长的、细而圆的尾巴，长着四条短腿，这些部分却又完全不像鸭子了。

这家伙浑身灰绿色，皮肤油亮。它的眼睛很小，起初是闭着的，后来才睁开来。最有趣的是它走路的姿势：先是两只后脚落地，像鸭子那样一步一晃，走了几步之后，它似乎想寻找地上的食物，便把前脚放了下来，像狗那样用四只脚走路。

我仔细看了看那家伙的脚，呵，是四个趾的，趾间有蹼，样子跟绒布寺石桌上的脚印一模一样！

大家正出神地看着那家伙，突然，它伸长了脖子，"啊——哈，啊——哈"地连着叫了几声。

大家先是一怔，然后便哄堂大笑。我看看金大爷，只见他捋着花白的胡子，也呵呵地笑个不停。

这样相貌古怪的动物，谁也没有看到过；这样稀奇特别的叫声，谁也没有听到过。这家伙究竟是什么动物呢？

我是研究古生物的，根据以往对化石的研究，我从它的外形判断，这是一只小恐龙。

恐龙是一种著名的古代动物，其中非鸟恐龙生活在中生代的三叠纪、侏罗纪和白垩纪——距今约2.5亿年至6500万年前。在那时候，恐龙曾盛极一时。然而，到了白垩纪末叶，由于地球气候变化等原因，恐龙逐渐衰亡。到了新生代（约6500万年前），恐龙就在世界上绝迹了，只留下一具具巨大的恐龙化石。

世界上的恐龙有许多种。我立即查阅了关于恐龙分类的各种资料，发现这小恐龙有许多地方是与一般恐龙相似的，但它的颈部特别长，趾间有蹼，这些特点则是其他恐龙所没有的。显然，这是一种过去没有发现过的新恐龙。于是，我们就把这只小恐龙列为一个新的种类，命名为"珠穆朗玛恐龙"。门巴还给这只小恐龙取了个小名儿，叫"朗朗"，意思是"来自珠穆朗玛峰"。

朗朗出壳后，我们会战小组就遇上了第三道难关：给它吃什么？怎样养大它？

门巴自告奋勇地报名，要求担任饲养员，决心把这只小恐龙养大、养好。

门巴从小就在"世界屋脊"上放牧，养过牦牛、马、绵羊，也养过鸡、鸭子、兔子。他建议，在摸清小恐龙喜欢吃什么之前，先给它喝牛奶，这是最妥当的办法。大家都同意门巴的建议。

门巴端来一大盆牛奶给朗朗喝，可朗朗尽管已经饿得发慌，却对牛奶嗅也不嗅。怎么办呢？

门巴干脆把牛奶装在奶瓶里，然后抓住朗朗，往它的嘴巴里硬灌。费了九牛二虎之力，门巴总算把一瓶牛奶灌进了朗朗的肚子里。

朗朗已经尝过了牛奶的滋味，照理说应该喜欢喝牛奶了吧？不，到了第二天，它依然对牛奶睬也不睬。尽管门巴往牛奶里加了好多白砂糖，可朗朗还是不领情。怎么办呢？只好还是用老办法——硬灌。

就这样，门巴总算暂时让朗朗活了下来。朗朗的胃口倒不小，刚刚灌了一瓶牛奶，才过了两三个小时，朗朗便又"啊——哈，啊——哈"地叫起来了。接着，又得灌。虽然朗朗对牛奶毫无兴趣，可喝了牛奶以后，它长得非常快。才三天工夫，它便从小鸡那么大一下子长到了肥鹅那么大。给它灌牛奶时，门巴也从灌一小瓶猛增到灌一铅桶。

朗朗究竟喜欢吃什么呢？我查阅了许多关于恐龙化石的考察报告，这些报告中几乎都没有明确指出恐龙吃的是什么东西。因为人们找到的只是恐龙骸骨的化石，很难从中考证出恐龙喜欢吃什么。个别文献推测，恐龙喜欢中生代时在地球上普遍生长的真蕨类、苏铁、银杏和松柏等植物，但这也只是推测而已。

门巴见我埋头在一大堆厚书中发愁，便说："实践出真知。我们试着喂各种食物给朗朗吃，它喜欢吃什么就给它吃什么。"

于是，我们就当起朗朗的"炊事员"来了，给它找来了各种"饭菜"：给它吃青草，它连看也不看；给它吃猪肉，它连理也不理；给它吃鸡蛋、面包、米饭、青菜、鸡肉、大豆、饼干、糖、山芋、香蕉、花生、竹笋、箭竹、豆腐、苹果、橘子……它都不理不睬。

会不会喜欢吃鱼呢？门巴特地去买了一条鲤鱼来。朗朗见了，破例伸过头去嗅了一下，但它的嘴巴碰了一下鲤鱼又缩了回去。之后，它便再也不睬那条鲤鱼了。

看来，朗朗是喜欢吃鱼的，只不过鲤鱼不大合它的胃口。于是，门巴就想办法弄来了各种各样的鱼——鲢鱼、鲫鱼、青鱼、黄鱼……在这些鱼中，朗朗看中了那条大黄鱼，想用嘴巴啃它。不过，它的嘴巴太小了，啃不下去，它只好摇头作罢。

这下子，我们在实践中摸到门路了：看来，朗朗对淡水湖里的鱼没什么兴趣，而是喜欢吃海里的鱼！

我们马上打电话与海洋渔业公司联系，并得到了他们的大力支持，他们立即送来了许多小梅鱼。朗朗见了，"啊哈"一声，跑过去张嘴便吃。吃了几条，它便朝上伸着脖子，摇晃着脑袋，大抵是让小梅鱼顺利地通过长长的颈部，落进胃里。接着，它又吃了几条小梅鱼，然后再朝上伸长脖子，摇晃着脑袋……

第二天，海洋渔业公司的工人们又用专车送来了许多小海虾。这下子，朗朗吃得更是津津有味，肚子撑得圆鼓鼓的。海洋渔业公司的工人师傅还建议弄点儿海带、紫菜之类的海生植物给朗朗吃。我们一试验，果然灵验，朗朗非常喜欢吃。

朗朗喜欢吃海鲜的消息传出来以后，会战小组的组员们都非常高兴，大家都夸门巴这个"恐龙饲养员"干得好！

从此以后，我们跟海洋渔业公司保持着密切的联系。每天，他们都派一辆专车，送来最新鲜的海鱼、海虾、海带、紫菜。朗朗吃着这些海鲜，长得更快了。不到半个月，朗朗便长成一头水牛那么大了。不过，朗朗的脖子不知怎么搞的，还是那么细，只是变长了点儿，脑袋还是那么小。它胖就胖在那身体，特别是屁股变得越来越大，走起路来摇摇晃晃，活像只大肥鹅。奇怪的是，后来朗朗突然像生了病，不爱站立，不爱散步，整个身子躺在那里不动，萎靡不振。

朗朗究竟生了什么病？

八、给朗朗治病

朗朗的病引起了会战小组全体组员，特别是医学科学研究院、药物研究所和动物园兽医室的科学家和医生们的关注，他们自告奋勇对朗朗进行了一次会诊。

经过仔细的检查，他们发现朗朗并没有什么大病。朗朗的胃口很好，大便像牛粪似的一大堆一大堆，很正常。它的心跳每分钟28下，跳得很有规律，呼吸也很正常。医生们用温度计测量朗朗的体温，早上是16摄氏度，中午是21摄氏度，傍晚是19摄氏度，深夜是17摄氏度。朗朗的体温为什么时高时低呢？到底是动物园兽医室的兽医们经常跟动物打交道，有经验，他们说，这是因为恐龙属于爬行动物，跟蛇、乌龟等一样，是"变温动物"，也就是"冷血动物"。爬行动物跟人以及牛、马、羊等其他哺乳动物不同，它们的体温不是固定的，而是随着环境温度的变化而变化的。朗朗的体温在中午时最高，然后逐渐降低，到第二天清晨时降到最低，而上午又逐渐升高。医生们接连测了几天，发现朗朗的体温一直是这样有规律地变化，这说明朗朗的体温是正常的。

医生们又用X射线和超声波检查朗朗的身体，证明朗朗的肺部没有异常病灶和阴影，肝脏也是正常的。当用X射线检查朗朗的心脏时，医生们发现它的心脏只有一个心室，动脉血液与静脉血液竟在心脏中发生混合。然而，动物园的兽医们说，很多爬行动物的心脏都是这样的，也就是说，朗朗的心脏也没毛病。

既然朗朗一切正常，那它为什么会萎靡不振呢？会诊的医生们经过反复讨论，最后得出结论：朗朗的病，可能是水土不服造成的。

听了医生们的诊断，门巴提出了两点非常重要的推断：朗朗的脚像鸭掌那样趾间有蹼，说明它可以在水里游来游去，而它又很爱吃海鲜，会不会它本来就是生活在海洋里的动物？它的"水土不服"，会不会是因为从海洋搬到陆地上生活造成的？

大家一听，都觉得门巴讲得很有道理。经领导批准后，大家决定用飞机将朗朗运到海南岛的海滨水族馆去——那里气候温暖，更适合朗朗生活。

果然，朗朗非常喜欢南方的海洋。它一到海边，见了那浩渺无垠的海洋，顿时什么病也没有了。它以飞快的速度朝海洋奔去，然后一头钻进了海里，一转眼的工夫就不见了！

这下子，可急坏了门巴和我。在波涛万顷的南海里，到哪里去寻找朗朗呢?

南海舰队的战士一听到珍贵的古代动物——恐龙逃掉了,立即开动十几艘高速的气垫船和水翼艇,帮助我们四下寻找。我们整整找了一天,才在一块礁石旁边看到了一个雨伞柄似的东西。我定睛一看,正是朗朗——它全身浸在海水里,只露出一个小脑袋和一小段脖子,仿佛一艘潜水艇只露出一个小小的潜望镜。

门巴兴高采烈,连忙把双手贴在嘴边,做成一个喇叭筒,高声喊道:"朗朗,朗朗!"朗朗向气垫船游了过来。我们这才放心了。

不过,朗朗死也不肯上船,生怕我们再把它运回陆地上。门巴没办法,只好用尼龙绳套住它的身体,慢慢地把它拉向海边。

我们受了这次朗朗逃跑的教训,在海边砌了一个比游泳池还大的围塘,让朗朗住在里头。围塘四周各有一道铁篱笆,海里的小鱼、小虾能自由地进进出出,朗朗却跑不出去。

从此,我们再也不用请海洋渔业公司天天派专车送鱼虾来了。用门巴的话来说,如今我们在"放牧恐龙"了。

朗朗在海中如鱼得水,非常自在,非常活跃,一点儿病态也没有了。它时而把头埋在水中,捕鱼抓虾;时而伸长脖子,咽下食物。它高兴的时候,就划动那带蹼的四肢,在海水中东逛西游;它累了的时候,就一动不动地泡在水里,只把小小的脑袋浮出海面。

在海中，朗朗长得比喝牛奶时还要快得多。只过了一个月，朗朗就变成一个庞然大物了：它的脖子竟然变得有三四十米长，它的身体比32吨的载重卡车还大得多，四只脚竟有柱子那么粗。据我们估计，它的体重有将近100吨！

在研究恐龙化石的相关图书上，人们曾依据化石推断：许多恐龙之所以长得那么大，是因为它们终生都在生长，也就是从幼到老一直在长个儿，而人和牛、羊等哺乳动物在长到一定阶段之后，就停止生长了。

从我们养育朗朗的实际情况来看，这一推断是正确的——朗朗确实日日夜夜都在生长，从不停息。正因为这样，朗朗才变成了庞然大物。

令人感到奇怪的是，朗朗虽然变成了庞然大物，但是它的头却只有普通的牛头那么大，它的嘴巴也只有普通的牛嘴那么大。它的嘴里长着钉子般的牙齿，牙齿几乎全都集中在嘴巴的前端。它的尾巴变得很大、很长，起码有10米长。在朗朗游泳时，那尾巴就左右摇摆，仿佛船橹似的推动着它向前进。

朗朗皮肤的颜色也变了，背上变成了青灰色，腹部变成了银白色。现在它已经很少休息了，那嘴巴整天不停地在吃东西，甚至连夜间也不休息，而是"加夜班"捕食鱼虾。仿佛只有这样，它才能通过那小小的嘴巴吃进足够维持那庞大身躯生存的养料！

随着朗朗变成庞然大物，它的行动也变得越来越迟缓。

它慢吞吞地在海里游动，成天把大半个身子泡在海水中，只露出那小小的脑袋，不时地发出"啊——哈，啊——哈"的洪亮叫声。

九、活的化石

朗朗吸引了成千上万的人。每天到海南岛的海边观看朗朗、研究朗朗的人络绎不绝。

中国科学院决定对朗朗再进行细致的科学观察，以便详尽研究这世界罕见的古代动物、罕见的活化石，详尽研究这在世界最高峰上发现的奇迹。

会战小组认为，人工养大朗朗可以使人们对恐龙的认识大大地加深。

过去，人们只是依据化石来推测恐龙的形象和生活习惯。但是，光是依据化石，人们很难回答一些从化石上看不到答案的问题。比如：恐龙是什么颜色的？恐龙吃什么？恐龙怎样生活？恐龙的习性是什么样的？恐龙的寿命有多长？……

朗朗的出现，还纠正了古生物学上一些错误的观点。比如，过去人们总以为，恐龙是陆生的，顶多只是喜欢泡在淡水湖泊中，而朗朗却活生生地说明，有的恐龙喜欢生活在海洋中。会战小组认为，这很可能是由于恐龙的个子很大、身体很重，浸在海水中可以减轻它的脚所受到的压力。海水的比重比淡水大，海水的浮力比淡水大，这就为这种体形硕大的珠穆朗玛恐龙提供了适宜的生存条件。

　　然而，新的问题又产生了：珠穆朗玛恐龙既然是海生爬行动物，那它的蛋怎么会在海拔8000多米的世界最高峰上呢？要知道，人想要攀上这世界最高峰，就已经够吃力的了，很难想象这重达百吨、不愿离开海水一步的庞然大物怎么能爬到世界最高峰上去生蛋。

　　就在这时候，从世界最高峰上传来科学捷报：古生物学考察小组在老桑布的帮助下，在珠穆朗玛峰上又找到了十几块珠穆朗玛恐龙的大型化石，还找到了三窝恐龙蛋化石（只是再也没找到过一个"松香蛋"）。他们证实了绒布寺的酥油灯灯座就是珠穆朗玛恐龙的脊椎骨化石。此外，他们还找到了许多鲨鱼化石、鲸鱼化石、海带化石、黄鱼化石、珊瑚化石和海螺化石……地质学考察小组经过考察研究，证明构成珠穆朗玛峰的岩石是经过沉积等作用形成的沉积岩，而不是岩浆岩。

　　所有这一切，都说明珠穆朗玛峰地区本来并无高山，而是一片海洋。科学家们经过仔细考证，证明珠穆朗玛峰一带在很早以前的确是一片汪洋大海。这海叫作"喜马拉雅古海"。在古海里，生活着珠穆朗玛恐龙以及海鱼、海螺、海藻。后来，随着地壳的上升运动，海底逐渐隆起变成陆地，然后又逐渐上升为高峰。也就是说，山本是海，海变成山！正因为这样，本来产在海边岩石上的恐龙蛋就上升到海拔8000多米的高峰上去了！

朗朗，正是"山本是海，海变成山"的活见证！

"山本是海，海变成山"这一事实充分说明：大自然不是一成不变的，而是处于不断变化、不断发展之中的。这，才是在世界最高峰上找到恐龙蛋以及取蛋、孵蛋、养恐龙等一系列成就的根本意义。

科学发展无止境。为了进一步揭开珠穆朗玛峰的奥秘，我和门巴离开海滨，再次和科考队队员们一起攀登世界最高峰，进行更深入细致的科学考察工作。

十、关于"以后怎样"

读了上面的故事，你一定会问："你们走了，把朗朗交给谁了呢？"

朗朗被移交给了海南岛海滨水族馆驯养。

"朗朗后来怎么样了呢？"

后来，朗朗在海滩沙地上产了一窝蛋，整整30个。

"哟，这下子能孵出30只小恐龙啦？"

不，一只也没有孵出来。因为朗朗是雌恐龙，它产的卵未经过受精，所以无法孵化。

"现在朗朗还活着吗？"

朗朗活了两年多，就死去了。朗朗的死说明恐龙虽然体形很大，但是由于能量消耗大，寿命并不长。也有人认为，恐龙在远古时期可能会活得更长，现在的地球气候条件和恐龙时代的差异很大，不适宜朗朗生存，所以朗朗没能活更长的时间。朗朗死后，恐龙又在世界上绝迹了。

朗朗虽然死了，但是，关于它却有许多资料可查。

什么资料呢？

一个标本——现在正放在自然博物馆中展出。

一部科教电影——《世界最高峰上的恐龙》。影片生动地记录了找蛋、取蛋、孵蛋、养恐龙的全部过程，以及朗朗由小到大、从生到死的全部过程。

一本学术论文集——《关于珠穆朗玛恐龙的科学考察报告集》。

一篇详细的报道——就是你现在看的这篇《世界最高峰上的奇迹》。

关于作者和作品

叶永烈是我国著名科普及传记作家、历史学家、报告文学作家，一生出版逾3500万字作品，多篇入选小学语文课本。他的《世界最高峰上的奇迹》这篇小说一经发表，即获得巨大成功，读者反响热烈，使"中国科幻文学带着充足的想象力再度出现在文学和文化的舞台之上"。小说讲述了科学家在珠穆朗玛峰地区进行科学考察，发现恐龙蛋化石，然后对其进行孵化，饲养小恐龙并全程跟踪研究的故事。

一个古生物科学考察小组在珠穆朗玛峰上发现了一个

被树脂包裹着的古生物蛋化石——"松香蛋"。经过软X射线照射，科学家们发现"松香蛋"内居然还有流动的蛋黄和蛋白，于是科学家们邀请雕刻厂的工人和养鸡场的工人进行"开蛋"及孵化。在大家的努力下，一只相貌古怪的小恐龙破壳而出，科学家将这种恐龙命名为"珠穆朗玛恐龙"，并取名"朗朗"。接下来，小说着重描写了"朗朗"的生活习性和生长规律。它喜欢吃海里的鱼虾；当被转移到海洋中生活时，它变得生气勃发；它吃得多，长得快，成了庞然大物，但因为能量消耗大，寿命只有短短两年多一点儿。"朗朗死后，恐龙又在世界上绝迹了。"

就如篇名，这个故事充满惊奇。虽然其中的科幻元素不算丰富，但作家用充满想象力和创造力的笔法创作的这篇"详细报道"，以生动的描述、舒缓的口吻让现代人仿佛亲眼见到了早已灭绝的恐龙以及它完整的一生，叫人不得不感叹它真的是一个奇迹。

缺席审判

绿杨

一、不沉的"泰坦尼克号"

"天使号"太空船试航成功的消息轰动了整个世界。这艘飞船不仅在舒适豪华方面达到一流，而且在多处关键结构上采用了最新的科技成果，它独特的安全设计也尤为引人注目。

去年连续发生了两起宇航空难事故之后，这一点自然显得更为重要。去年的空难除损失两艘太空船以外，接踵而来的一系列连锁反应带来更为严重的后果：航天工业、旅游、保险、货运等行业无不受到猛烈冲击。股市狂跌使若干跨国财团破产，世界经济陷入萧条。

人们寄希望于更先进的航天技术，它果然出现了。

"'天使号'能为你提供最安全的星际旅行服务。"新闻媒体的宣传给世界经济注射了一针复苏剂，这样的说法自然是有确切根据的。

当今空难的原因不是飞船本身的机械故障，而是事前无法预料的"空中漫游者"的袭击。去年两起事故的原因都是这个。所谓的漫游者并非外星人，而是一些不起眼的太空小石子。这些石子实际上是太空中的流星，飞船一旦被它们撞上，就会像被刺破的气球般爆炸。

为了避免漫游者带来的可怕后果，"天使号"一反过去加厚船壁的做法，采用有自动修补功能的特殊材料做外壳。一旦外壳受创，仅用千分之一秒就能自动修复。正因如此，"天使号"才能力挫群雄，成为太空船中新一代的天之骄子。

当然，也有人怀疑"最安全的星际旅行"的说法，刻薄地称呼"天使号"为"泰坦尼克号"。但机敏的星际航天公司立刻加上"不沉的"三个字再次宣传——不沉的"泰坦尼克号"！

十年过去了。"天使号"在最令太空水手胆战心惊的火星—木星航线上经受住了考验。这条航线的漫游者最密集，堪称"太空百慕大三角"。

现在，"天使号"在白雷迪船长的指挥下，又一次安全通过这片空域，直奔火星。

二、相约黄昏后

火星的居民区都分布在死火山口的平原上，有一个巨大的特殊玻璃罩保护着。罩内是街道纵横、绿树成荫的城区，罩外则是望不到头的红沙大漠和棱角尖削的岩石。干涸的河床绕着沙丘蜿蜒伸向天边。

航天港是居民区外唯一的大建筑物。由于有两班太空客船即将到港，大厅里接船的人很多。一位叫米小丽·莱斯的姑娘等得有点儿不耐烦了，走进电话间问服务生："我可以和从地球来的'阿基米德号'通话吗？"

"可以。找谁？"

"找安德森·哈尔特先生，星航保险公司的随船监督员。"

通话很快接通了。"安德森，我已经请好了牧师，你一到，我们就举行婚礼。"

"那太好了，亲爱的。我晚饭前准能到。"

"我在候船厅等你一起去教堂，不见不散。"

米小丽走出来，有人叫住了她："嘿，米小丽。"

"维克多，你也接人吗？"

维克多点点头："记得苔丝吗？流行歌手。"

"是的，一个迷人的姑娘。从地球来的吗？"

"从木星乘'天使号'来的。米小丽，我们喝点儿什么吧，来杯葡萄酒怎样？"

"哦，我没带够钱。刚才打电话把钱花光了。"

"我请你。"

"谢谢，那么我要罐啤酒。"

维克多去售货机取酒的时候，大厅播音器呼叫米小丽去接电话。电话是她的上司——生物研究所的布鲁克教授打来的："米小丽，你可真难找，请马上回来。"

"嗯？什么事？好的，我现在回来。"

三、意外的圣诞礼物

火星已在眼前，像只锈迹斑斑的大铁盘高悬在暗蓝的太空中。

再过两天，"天使号"就将到达这颗红色行星，结束历时三周的旅程。同时，白雷迪船长也将结束他三十年的航天生涯，带着荣誉和丰厚的年金在佛罗里达温暖的阳光下享受晚年。

退休的太空船长肯定有丰厚的年金，荣誉却未必一定有。白雷迪很走运，他曾三次面临重大危机，但都及时化解了。自几年前指挥"天使号"以来，几乎什么险情也没发生过，除了前天的小小虚惊。

那天是圣诞节。晚餐时分，几百名乘客都聚在餐厅里，白雷迪装扮成圣诞老人给孩子们分发礼物。许多人在乐曲《平安夜》中起舞，流行歌星苔丝小姐举杯向人们祝酒。

啪的一声响起，紧接着警铃大作，但很快又平息了。

原来，是一粒豆大的漫游者击穿飞船进入餐厅，打碎了苔丝小姐的酒杯。飞船自动修复了破孔，一切都安然无恙。这场虚惊让苔丝小姐溅了一身酒，捡到一颗流星。

这就是白雷迪即将告别的太空生涯：冗长而刻板的航

行，又潜伏着意料之外的危机。但这次是一出喜剧。

船医维伦尼卡的电话打断了船长对佛罗里达的畅想：“船长，我今天接诊了6个病人。”

“那你没时间喝威士忌了。”白雷迪有点儿没好气地说。其实他知道这位女船医滴酒不沾。

“别胡说了，船长先生。这些病人病得有点儿蹊跷，6个人一下子发了疯。”

四、空中魅影

巨大的电子星图占据了办公室的一面墙，另一头摆着4台连通火星各重要部门的电脑。只有处理重大事件时，庞德洲长才使用这间办公室。火星被人类划为第八大洲，洲长是火星的最高行政官。

米小丽和布鲁克进来时，已有七八位高级官员在座。洲长和他们握了手，道：“布鲁克教授，莱斯大夫，我的科学顾问向我推荐，说你们是火星上最权威的精神病学家和流行病学家。我需要你们的帮助。”

洲长助理刘易斯让他们坐下：“我们要讨论发生在‘天使号’太空船上的一个蹊跷的问题。从前天起，飞船的乘客中接二连三地出现了精神错乱的病人，现在已有78个了，超过了乘客总数的百分之十。我们得搞清楚这是怎么回事。我们掌握的细节很少，船医还无法提供更详细的报告。你们认为这可能是什么病？"

稍事沉默之后，布鲁克教授先开了口："这不是精神分裂症，它不会突然集中发生。群体中突然暴发精神错乱，在精神病范畴内首先要考虑的疾病是歇斯底里症。不过确认这种病并不容易，歇斯底里是一种心理障碍，只有在排除了其他疾病之后才能做出这个诊断。"

刘易斯点头道："是的。教授，你认为首先要排除哪些疾病的可能性呢？"

"神经中枢的传染病，比如脑炎之类的。"布鲁克教授回答。

这该是米小丽的课题了，她理了理思绪："'天使号'事件的特点是短时间内大批人患病，症状完全一致，这完全符合疫病暴发的特征。不过，要找到病菌才能下结论。"

提出的两种病都难以确定，但又无法排除，讨论无法进行了。于是洲长插话："刘易斯，我想现在可以把话都说开。"

"好的。是这样的，'天使号'马上就要到达了，我们要确定是否允许它降落。一艘疫船着陆，会威胁火星130万居民的安全。"

布鲁克说："这有实际意义吗？不让降落还能怎样？即使让它飞回木星去，它也得降落。"

洲长竖起一根手指："如果火星会变成第二个'天使号'，我宁可牺牲一条船。"

刘易斯转向米小丽，说："在不能确定是否有疫病的情况下，我们能不能估计一下这种情况的严重程度，有没有防范措施。这将决定我们是否准许'天使号'着陆。"

米小丽表情严肃："太空旅客都必须接种混合疫苗才能登船。混合疫苗能抵抗人类已知的所有病毒，按理说飞船上没有发生疫病的可能，但它还是发生了。这只有一种解释——'天使号'上出现了一种未知的病毒。"

"难道是太空病毒？这可能吗？"

"有外星人就必然有更多的外星微生物。"

米小丽停了停，继续道："可以预见，这种病毒是人类无法抵抗的。因为人类从未接触过它，对它不存在任何免疫力。'天使号'事件已说明了这一点。"

布鲁克点头赞同："如果米小丽是正确的，那么病毒不仅会危及火星，还可能蔓延到地球上。"

他们正在思忖，一位电脑员报告说"天使号"已经到了。航天中心主任威廉站起身来道："命令'天使号'进入赤道轨道绕行，等待指示。"

电脑员转达了指令。威廉对大家说："'天使号'在轨道上只能停留6个小时。"

洲长必须在6小时内做出决定，他有点儿不安了。米小丽的分析是合乎逻辑的，但仅仅根据逻辑来做出这样重大的决策显然是不够的。"莱斯大夫，你有什么办法能进一步确认吗？"

"有什么办法能找到病毒的来源呢？"米小丽想了想，

"有了。'天使号'是从木星启航的，病毒只能在那儿进入飞船。问问木星，如果他们也发现了这种疫病，就是一个佐证。"

"很好。威廉先生，和木星通话来得及吗？"

威廉在电子星图前测标了一下。"我们现在距木星5亿千米，无线电需28分钟到达，往返共一小时。不包括他们查询的时间。"

"立刻联系。另外，再接通'天使号'，看有什么新情况。"

五、"盗火者"计划

白雷迪船长的大胡子脸出现在屏幕上，他看起来疲惫而衰弱："太空中心为什么要我延迟着陆？许多病人亟待治疗。"

"船长，我得证实'天使号'不是条疫船才能让你着陆。病人的数量还在增加吗？"

"现在大约有120名了。"

"请维伦尼卡大夫来谈谈情况。"

"很抱歉，她也疯了。"

"我的天！病人中有恢复平静的吗？"

"有一个，不过已经死了。"

通话刚结束，米小丽就激动地问布鲁克："你注意船长的瞳孔了吗？他病了！"

"我看得很清楚，这不是歇斯底里症患者的瞳孔，再说，歇斯底里症也死不了人。米小丽是对的，没有别的可能了。"

一切只等木星的答复了。等待间，洲长问米小丽："如果4个小时后'天使号'不幸坠落，它对火星还有威胁吗？"

"总有残存的病毒会扩散开来。"

"有什么法子免除污染？"

布鲁克教授决意分担米小丽的压力，抢过话头来说："要不污染火星，唯一的办法就是让'天使号'在太空爆炸。即便太空中还有残存病毒，落到地面的可能性也非常小，事后还可以在那个空域引爆一枚核装置来彻底清除它们。除此别无他法。"

洲长喟然长叹："如果木星的答复是肯定的，米小丽，我将采用你的论点并据此行事。"

米小丽吓坏了："根据我的论点，毁灭'天使号'？！"

洲长把手放在她肩上，坚定地说："这是一场战争，人类和太空病毒的战争。在战争中，尽管手里的情报很少，也得做出抉择。一艘飞船和一颗行星，这个天平只能是倾斜的。"

5亿千米外的回话来了：木星并无疫情。

空气像凝固了，只有记录员笔下的沙沙声。

"下一步该怎么办？"洲长来回踱步。

米小丽沉思一番，冷静地说："那么，我到'天使号'上去，把病毒找出来。"

"登船？"这回轮到洲长吃惊了。

"我经常和病毒打交道，知道会有什么风险，也清楚该怎样保护自己。要得出结论就得登船。"

"谢谢你，勇敢的姑娘。"洲长拥抱了米小丽，然后面向大众，"现在我们的方针已经确定。莱斯大夫登船后，如果查明飞船对星球是安全的，就让它尽快着陆；假如'天使号'不幸成了满载太空病毒的瘟疫船，我将下令航天中心把它击毁。这个行动以'盗火者'为代号，执行的时间不迟于今晚23点50分。最后的抉择也将在这一时刻之前做出。"

全场陷入一片沉重的静默。谁都清楚，局面固然十分严重，但击毁一艘客运太空船可是从来没有先例的。决策的每一个环节，事后都将受到国际太空法庭的审查。

洲长两眼噙泪："诸位，职责迫使我做出这样的决定，但是我不会逃避道义的责任。威廉先生，准备升空工具，要双人座的。"

六、奔向地狱

眩晕消失后，米小丽睁开双眼，看到一个很黑的空间，星光凝滞，这表明航天器已升到大气层的上方。

凝固的空间背景上有个小光点缓慢地移动着。"洲长先生！是'天使号'！"

"不，"威廉的声音从地面传来，"那是'阿基米德号'。"

"阿基米德号"！米小丽已把它忘记了。她忘记了安德森，4小时前他们还相约不见不散呢；还有维克多，他一定在对她的不辞而别感到恼火，他还不知道他的苔丝小姐正面临着多么可怕的处境！

"米小丽，"洲长打断了她的沉思，"登船后我们要怎么干？"

"寻找病毒，这是最确凿的证据。"

"那我来调查病毒的来源，并警告那颗行星。"

"其实你没必要和我一起登船的。"

洲长咧了咧嘴："你会发现，有我在场，你的工作会方便得多。"

大地在脚下掠过。航天器绕赤道转了两圈，向"天使号"靠近。"天使号"那黑洞洞的对接口渐渐扩大，悠悠飘来。信号灯亮起，航天器轻轻震动了一下。

两人套上生物防护服，打开了门。一跨出门，米小丽肩上的挎包就向下一沉，失重感顿时消失。她看看表，还有一个半小时。

一男一女在迎候他们。"我是菲利浦，现在由我接管船长职务。这位是太空乘务员艾琳娜。"

无须解释，白雷迪也病倒了。洲长没说二话："立即召集全船职员开紧急会议。"

菲利浦两手一摊："都在这儿了，就我们两个。"

洲长听到里面传来阵阵喧哗和"嘭嘭"的砸门声。菲利浦解释说："我把一群疯子锁在了餐厅里。他们要求马上着陆，否则要吊死我。"

没想到情况已经这样严重，洲长的眉毛拧成了一条线。

"都是病人？"

"是旅客。病人都在后舱。"

"他们知道这是瘟疫？"

"除了白痴，都猜得到。"

"那么我们赶紧开始工作吧。我先看看航行日记，请艾琳娜小姐协助莱斯大夫。"

米小丽要检查第一个发病的人。艾琳娜说："是苔丝小姐，她已经死了。"

可怜的维克多。"那我要剖验尸体。"米小丽说。

"已经焚化了。但遗物还未处理。"

"走，去看看。"

七、偷渡者

洲长把从木星开始的航行日记从头到尾看了一遍，查阅了802名乘客和10名船员的疫苗接种卡和行李消毒证明，都没发现什么疑点。显然，木星海关的手续是齐全的。"这太空病毒是从哪里钻进来的呢？"洲长苦苦冥思。莫非航行中途上了什么人？偷渡事件以前是发生过的。

他决定清点一下人数，于是到后舱挨个查点了病人。病人一个个被约束带捆在床位上，点起来很快，总共311名。

接下来该去清点餐厅里的人了，这可困难得多。洲长隔着门一宣布身份，里面就哄闹起来，质问、抗议、怒骂，闹了好半天，最后总算推出一个代表来对话。代表隔着门大声说："我们499名乘客一致要求把门打开，要飞船马上着陆，还要有医生救护病人！"

499名乘客。洲长飞快地算了算，加上311个病人正好是810人。再加上菲利浦、艾琳娜和死去的苔丝，总人数是813。

航行日记上记录的人数是812，果然多出一个！

"我可以对你们的要求做出答复，但请再清点一遍你们的人数。"

清点完毕，没错。

见鬼！有偷渡者。洲长决定先和米小丽通下气，安抚乘客一番后，转头就去找她。米小丽在苔丝所在的客舱里紧张地摆弄着超微摄影机，洲长一进门，她就激动地举起几张照片："找到了！我找到它了！"

太空病毒初次暴露在人的眼前：两个扭在一起的小小环状病毒。

"我是在苔丝小姐的裙子上找到它的。"

"不是普通的病毒吗？"

"它的核酸构造和已知生物完全不同，绝不是来自人类世界。"

"怎么断定它就是'杀手'，而不是'嫌疑犯'？"

"我在几个病人的血液里也验出了这东西。"

洲长摇摇头，叹了口气，取出始终和地面保持着联络的

通话器："你们都听到了。副洲长先生，我命令执行'盗火者'计划。"

"明白了。请你们立即撤离。"

洲长看了看表，还有45分钟。"米小丽，还来得及追查病毒来自哪一个星球吗？"

"有线索吗？时间不多了。"

"我发现船上的人数比登记的多出一个，病毒必定是他带上来的。"洲长转向一直在静静听着的太空乘务员，"艾琳娜，我知道船上多了一个人。他是谁？"

艾琳娜想了想："噢，是多了一个。有位孕妇生了个男孩。"

洲长一下子泄了气，恼火道："航行日记中怎么没记录？"

"大概是维伦尼卡大夫没向船长报告。那天苔丝小姐闹得很凶，后来大夫自己也病倒了。"

苔丝小姐——洲长猛地记起，航行日记里有小流星穿进餐厅并击碎这位小姐的酒杯的记述。

他一拍脑袋："该死，这才是偷渡者！"

两位姑娘惊异地看着洲长发狂般拉开一个个橱柜和抽屉，把东西一一扔在地上。他喊道："那颗石子呢？艾琳娜，快帮我找！"

艾琳娜明白过来："那颗小流星吗？不用找，苔丝小姐临终前托付我交给火星上的维克多·米伦先生。我去拿来。"

八、最后的25分钟

地面人员焦急地警告洲长："离执行'盗火者'计划的时刻只剩下25分钟了。"

餐厅里愤怒的乘客愈吵愈凶，又开始砸门。

米小丽终于拿到最后一张照片：在小天体蜂窝般的小凹坑里扫描到4种太空病毒。

"好。"洲长说，"'天使号'事件的来龙去脉已够清楚了。我们走吧。"

米小丽踌躇道："还有件事。这小石子本身不具备产生蛋白质的条件，只是病毒的载运体。如果能确认当时苔丝小姐站立的方位和飞船外壳破口位置，可以推算出这小流星的飞行轨迹，进而找到它的母星。"

"来不及了，餐厅我们也进不去。艾琳娜，把菲利浦找来。"洲长觉得，他们应该在撤离前把真相告诉他，哪怕冒着引起混乱的风险。

得知真相，菲利浦的脸像张白纸，他勉强保持了镇定。

洲长指了指自己身上的防护服，说："十分遗憾，除了我和莱斯大夫，每个人都呼吸了有病毒的空气。希望你能理解，我不能允许船上的任何人踏上火星的土地。"

艾琳娜昏了过去，菲利浦慢慢地把手伸进衣袋，说："我已猜到了。现在你们要走了？"

洲长早已在裤袋里扣住了扳机。他说道："很抱歉，我们得告别了，愿上帝保佑你。"

菲利浦抽出手来，掌心托着一枚船长胸徽："请带给我妻子，作为永久的纪念。"

"菲利浦，船上的东西是不能带到地面去的，但我会亲自把这件事告诉她。"

洲长拥抱了他。三人向出口处走去。

但他们晚了一步。餐厅的门被冲开了，呐喊着涌出来的乘客堵住了路。

菲利浦打开一扇小边门，说："我来对付他们。你们快走，这里通向驾驶舱，下面就是对接口。"

洲长和米小丽从门里的铁梯下去。这里是辅助机房，他们连跑带跌地跨过许多管道和电缆，接着上下转过几道盘梯，来到了一条长廊，尽头处可以看见驾驶舱。

突然，走廊前头出现了三四个人，跟着又是七八个、十几个，愈来愈多。"绕不过去了。别慌张，乘客不知道'盗火者'计划。"洲长走到人群中间，若无其事地解释，说船上发生了食物中毒，他和大夫要立即下去安排着陆和营救。

一个抱着孩子的女人不理睬这些。"让我乘你们的船离开这里，孩子不能再留在船上了。"

其他乘客同声称是，并且按照自身情况的轻重缓急自动编起序号来。洲长瞟了眼手表，只剩6分钟了。他说："交通船只能容载两个人，我们下去后会调艘大船上来接你们。"

"我们怎能相信你呢？"乘客们又异口同声地问。

洲长掂量了形势，毅然道："让这位大夫下去组织救护工作，我留在这里。"

乘客们低声商量起来。

九、缺席审判

"天使号"投入航行后的第十年，再一次震撼了世界。击落一艘载有812名乘客的太空船一事，激起了各界人士的强烈义愤，舆论哗然。

与航天事业有关的8个垄断组织联合组成控告团，向国际太空法庭对火星当局提出起诉。

控告团把起诉重点放在火星洲长的渎职和由此引起的后果上。首席律师在法庭的滔滔雄辩中反复提醒庭长，火星洲长的狂妄无知是造成悲剧的主要原因。

"理查德·H.庞德先生以为，身为洲长就有权代替上帝解释道德的含义，代替上帝来重新拨弄道义的天平。他无视人权，无视生命没有贵贱之分的公认事实，像一只被激怒的母鸡那样用翅膀护着小鸡，还伸出颈子攻击，但他恰恰忘记了站在他面前的也是小鸡。尊敬的法官先生，如果我们默许庞德先生倾斜道义天平的行动，那么法律的正义天平又将置之何地？"

然后，他又把锋芒对准了事件的后果，说道："我们不否认太空病毒对人类的威胁。但是，应该对此负责的却是米小丽·D.莱斯女士。她在最后一刻放弃按小流星的运动轨迹去追查太空病毒母星，以致人类失去了全部消灭它们的唯一机会。现在，太空病毒仍在空间窥视着我们的飞船。航天事业遭受的打击将使一千万人失去就业的机会，这种不应有的损失难道是我们能够接受的吗？"

官司打了整整一年。终审判决那天，太空法庭从里到外都人山人海，旁听席上挤得水泄不通，负责现场直播的电视记者都只能在走道上占据小小的一角。唯一空着的椅子是被告席。长达4小时的最后听证和辩论结束后，庭长宣布暂时休庭。大法官和陪审团进入休息室，坐得腰酸背痛的人们纷纷到外面去透气。

安德森径直离开法院，驱车去太空纪念馆。纪念馆北角有片绿茵茵的大草坪，整整齐齐地平放着一百多块黑色的大理石碑。每一块石碑都代表着一位殉职太空的工作者，上面用金字刻着他们的姓名和简要的生平。

安德森顺着字母找到了米小丽的石碑。

"亲爱的米小丽，我永远和你站在一起。" 他摸出一张解聘书，撕了个粉碎。由于他拒绝出面证明米小丽有偏执狂病，星旅保险公司把他解雇了。

安德森坐下来，打开袖珍电视机等候宣判结果。休庭还未结束，直播记者利用休庭空隙进行即席评述："'天使号'案件的复杂性，在于它既属于法律问题又涉及重大的道德伦理规范。在两种概念的严重冲突下，审判人必须完全摒除世俗观念的影响才能做出公正的判决。这也是法庭指定斯德福大法官主审本案的原因。

"众所周知,斯德福大法官是位两元综合专用机器人。大法官的左半脑是法律数理分析电路,右半脑是道义逻辑分析电路,整个大脑中没有感情元件。因此,斯德福大法官是唯一能公正审理本案的人选。现在他正在与陪审团磋商本案的终审判决……"

电视屏上出现一阵骚动,人们一起涌向大法官的休息室。记者也扔掉话筒拼命挤向那扇门。

屏幕模糊了两分钟,记者满头大汗地出现了:"诸位观众,法庭宣布,无限期推迟审理'天使号'案件!另外,据本台特快消息,斯德福大法官左右脑电路发生故障,循环电流无限增大,总集成块已被烧毁!"

安德森摇了摇头,收起电视机。这时,他才注意到石碑座下放着一听啤酒,还压着张字条:

米小丽,说好了要请你喝酒的。

维克多

安德森觉得这个名字有点儿耳熟。对了,报纸提到过,他是"天使号"事件第一个牺牲者苔丝小姐的意中人。

这次不幸事件除"天使号"的乘客牺牲之外,还伤害了多少人呢?安德森默默想着,有米小丽、庞德洲长,还有……

啊，还有斯德福大法官！他才是真正的无辜的牺牲者。但是，谁该为他负责呢？

关于作者和作品

绿杨，中国著名科幻科普作家，终生行医。1980年起开始发表科幻及科普作品，一生发表科幻、科普作品近百万字。他是改革开放后涌现的首批科幻作家之一，也是最早的网络科幻作家之一，更是中国科幻银河奖的常客——其短篇科幻小说先后四次获得银河奖。《缺席审判》是作家的代表短篇之一，发表于1991年。

本作品不同于"鲁文基系列"轻松幽默的风格，在未来科技幻想的背景下，讲述的是关于在危急时刻做出选择的沉重话题。作家有意把故事中的主角庞德洲长和医生米小丽放在一个进退两难的位置：一艘带有未知的且感染性极强的病毒的飞船即将登陆火星，是选择放弃飞船上的813名乘客，还是让火星的130万居民一起面对感染风险？故事的最后也没有对事件的性质下定论，因为世界上大多数事情并不是非黑即白的。灾难过后，逝者往已，生者犹在。

最后的进化

[美国] 约翰·W. 坎贝尔

　　我是太阳系中现存的最后一个这种类型的人。在记忆中，我也是最后一个见证了保护太阳系的斗争过程的人。在记忆中，我接近统治者中心，属于统治阶层。但是我很快就会死去，而当我逝去后，我这种类型的人——一种虚弱而低效的人，也会彻底消亡。然而，那些现在和将来的创造者在我永远离开之后将长久存在下去。所以我在思想薄片①上做了记录。

　　那是在"人子年"之后的2538年。六个世纪以来，人类一直在研制机器。机器耳朵早在700年前就出现了，机器眼

―――――――――――――――――

①思想薄片：原文是mentatype，作者自造的单词，由mental（思想，精神）和type（类型）组合而成。从后文来看是一种金属薄片，故译作"思想薄片"。

睛后来才出现，而机器大脑则出现得更晚些。但是到了2500年，机器已经发展到可以完全独立思考、行动和工作的阶段了。人类靠机器制造的产品生活，而机器自己也过着快乐而满足的生活。机器是用来帮助人类、与人类协作的，做一些使人类更幸福的工作是它们的日常职责，而且对它们来说，这种工作轻而易举。人类创造了机器，这使得大多数人都失去了价值，因为他们生活在一个不需要从事生产性劳动的世界里。于是，游戏、体育竞赛、冒险成为他们用以寻求乐趣的活动，而有些穷点儿的人则完全沉溺于欢愉和怠惰，被情绪所支配。但人类是一个坚强的物种，他们已经为生存斗争了100万年，而这100万年的训练所留下的痕迹不会很快就从任何一种生命形式中消失，所以他们现在把精力集中在模拟战争上，因为真正的战争已不复存在。

直到2100年，人类的数量仍在迅速而持续地增长，但此后便开始稳步下降。他们的总人口数曾经破亿，在2100年甚至接近100亿，但到2500年，他们的数量仅剩200万。

在剩下的200万人中，有些人投身于探索未知之地，前往其他世界和其他行星冒险，还有少数人则投身于顶级的冒险——探索心灵最隐秘的角落。机器能凭借其无可辩驳的逻辑、冰冷精确的数字，凭借其孜孜不倦、无比严谨的观察，以及其无所不知的数学知识，详尽地阐述任何思想，并得出结论。它们甚至可以基于任何三个事实在脑海中建立起整个宇宙。机器有着最理想的想象力，它们能够依据当前的事实构建一个必要的未来结果。而人类的想象力则不同，他们的想象力是不完全遵从逻辑的、巧妙的，只能模糊地看到未来的结果。人类可能会更快速地得出结论，但机器最终总是会得出正确的结论。人类发展迅猛，机器也以稳定而不可抗拒的步伐前进。

人类和机器正一起以不可阻挡之势在科学领域阔步向前。

此时，外来者出现了。至于他们是从哪里来的，机器和人类都无从得知，只知道他们来自最外层的星球，来自另一个太阳系，也许是天狼星，也许是半人马座阿尔法星！他们先是看到了100艘巨型飞船的细长轮廓，它们像巨大的鱼雷一样，长5~6千米。

一台从火星返回地球的运输机是这次发现中的大功臣。当时，运输机的"大脑"的感应辐射系统停止了工作，位于芝加哥老城区的控制者狄默斯立刻发现，某个未被察觉的物体摧毁了它。狄默斯立即派出了一台侦察机，并让它以9.8米/秒^{2}的加速度前进。侦察机发现了10艘巨型飞船，其中一艘已经和那台较小的运输机扭打在了一起。那艘飞船的前半部分整个都被炸毁了。

这台直径不到8厘米的侦察机钻进破碎的船体进行侦察。它很快就发现有很多奇怪的生物在船上爬行，这些生物身上都有一层柔软而透明的防护罩。他们的身体又矮又胖，四肢健全，显然很强壮。他们像昆虫一样，有一层厚厚的、耐用的外骨骼，褐色的角质外壳覆盖了手臂、腿和头部。他们的眼睛微微突出，被最外层角质层上突出的角膜白斑保护着，眼睛能向各个方向移动——有三只眼睛，间隔相等。

这台微小的侦察机向其中一个生物猛扑过去，一下把他身上那透明的防护罩撞扁了，并狠狠击中了他。他被甩离了原来的位置，一头撞在失重的船上，虽然身受重击，但并未受伤。

侦察机抢在外来者前面冲到船体动力室，外来者们正焦急地试图了解他们的同伴陷入困境的原因。

在统治者中心的指示下，侦察机搜查了动力室，并传递了来自统治者大脑的控制信号。船体的"大脑"已经被摧毁，但控制系统仍然可以正常工作。它们被击中了要害，巨大的活塞合上了。一个早已设置好的组合装置把那台机器、侦察机和外来者都毁掉了。第二台侦察机已经就位——在计划确定时它就出发了。离运输机最近的那艘外来者的飞船已经严重受损，侦察机进入了破损的那一侧。

当然，这些场景被地球上与侦察机相连接的记忆头脑一一记录下来。侦察机沿着走廊快速搜查，寻找设备室。接着，船上一阵骚乱，显然侦察机被发现了。不是控制脉冲就是它发出的信号脉冲暴露了它的行踪。他们搜索了一阵，想找出那一小块金属和晶体，好不容易才发现了它。这些外来者使用的力量与我们当时所使用的明显不同——不是原子爆炸的力量，而是分解物质的更大的力量。这台微型侦察机的发现非常重要。

他们终于找到了那台侦察机，其中一个外来者拿着一个奇怪的投影仪。随着一束蓝光"啪"的一声射过来，微小的侦察机立刻消失了。

这时，舰队被成千上万的微型侦察机包围了，外来者被它们搞得头晕目眩，因为在混乱的信号脉冲中，他们很难确定它们的位置。他们立刻动身去了地球。

科学调查人员一直到最后一刻还在现场，而我现在也在这里，回忆我的两个早已离去的朋友。他们是人类最伟大的科学研究者——罗阿尔和特雷斯特。罗阿尔在那时很快就让我们相信了这些外来者是来入侵地球的。在机器的直接记忆中，此前行星上还没有发生过战争，而且人类为了合作而发明和制造的这些机器，无法像人类一样独立存在。因此，这些机器不会仅仅为了拥有而去毁灭。区分一个东西是"作品"还是"产品"都比相信战争即将发生容易些，但生命很容易理解另一个生命，所以罗阿尔的说辞被我们采信了。

做了一番侦察后，能够产生极大破坏力的机器已经准备就绪。鱼雷是我们的主要武器，它装备了用于爆破的原子炸药，即一种高效感应热射线。在敌人到达地球的几个小时之前，我们已将其安装在一些小机器上。

和所有生命形式一样，这些外来者只能承受非常微弱的地球加速度。大约39.2米/秒^{2}的加速度就是他们的承受极限，所以他们需要花几个小时才能到达地球。

我相信我们没有失了待客之道。我们的机器在月球轨道外与这些外来者相遇，定向鱼雷向他们乘坐的数百艘巨型飞船射去。鱼雷被飞船周围的磁场甩到一边，但它们立即改变方向，继续靠近。然而，从舰船上发射的几道光束瞬间摧毁了它们。但是，定向鱼雷的数量相当多，攻击的范围相当广，以至于在他们发射的感应光束到达之前，大半支舰队就已被鱼雷的爆破力摧毁了。令我们吃惊的是，鱼雷的爆破力没有蔓延，而是被一道力量屏障吸收了。其余的飞船照常航行，我们的鱼雷也用完了。几台为此次行动派出的侦察机很快发现了力量屏障的秘密，它们成功在被摧毁的同时回传信号，直到被彻底毁灭。

一些调查人员认为：敌人使用的光束与我们的相同，解释了为什么他们已经为我们的攻击做好了准备。

很快，敌人到达了地球。他们随即在科罗拉多聚居地、撒哈拉聚居地和戈壁聚居地定居下来。巨大的光束开始扩散，透过机器屏幕，我们看到这些地区的人类顷刻间全被这淡绿色的光束杀死了。每一种形式的生命，微观的，甚至亚微观的，都被消灭了。树木、草，所有的生物都从那片土地上消失了，剩下的只有机器，因为它们的运转完全不靠生命所必需的重要化学反应能量，不会受到伤害。

淡绿色的光线射了过来。

不到一个小时，又有三个人类聚居地被摧毁。

然后，由机器制造的鱼雷再次开始行动。为了保护它们的主人和创造者——人类，机器将鱼雷射到了外来者那里。

最后一个外来者倒下了，他们的最后一艘飞船变成了一堆残骸。

机器开始研究它们，人类永远不可能像机器那样研究它们。几十辆大型运输车载着行动缓慢的科学调查人员迅速抵达，他们是机器调查人员和人类调查人员。微小的球状调查设备钻入了调查人员无法进入的地方，科学调查人员静静地看着。他们一直坐在那里看着闪烁的、不断变化的屏幕，提醒对方注意这个或那个。

在令人难以置信的短暂时间里，外来者的尸体就开始腐烂，人类不得不将他们清除。机器没有受到他们的影响，但从这种快速的变化看来，彻底将他们清除是十分必要的。外来细菌已经开始在完全没有抵抗力的组织上起作用了。

在聚集的人群中，罗阿尔率先表达了自己的看法。

"很明显，"他说，"机器必须保护人类。人类是毫无防备力的，他们被这些光束摧毁了，而机器却毫发无损，不受干扰。残酷的生活已经开始。他们来到这里想接管这个星球，并开始了入侵所有生命形式的第一次自然行动。他们正在摧毁生命，尤其是当下在这里的智慧生命。"他微微一笑，这是人类快乐、满足的表现，"他们摧毁了智慧生命，却丝毫没有触及他们最致命的敌人——机器。"

"你们——机器——现在甚至比我们还要聪明得多。你们能够在一夜之间改变，能够适应任何环境；你们在冥王星上就像在水星或地球上一样容易生活。任何地方对你们来说都是家园，你们能让自己适应任何条件。对他们来说最危险的事，你们可以马上做到。你们是他们最致命的敌人，他们也意识到了。他们没有智能机器，也许他们什么也想不出来。当你们攻击他们时，他们只是说：'地球的生命形式派出了受控制的机器。我们会找到我们能用的好机器。'他们没有想到，他们希望使用的那些机器正在攻击他们。"

"我们能轻而易举地破解他们的力量屏障所隐藏的秘密。"罗阿尔被打断了。一台编号为X-5638的最新的科学机器说，"力量屏障的秘密很简单。"

在X-5638的指挥下，一台降落在附近的小型射线机升到空中，向它发射致命的感应光束。然而，射到它屏幕上的光束没有带来任何伤害，因为X-5638已经用它的零件建造了防御装置。

"很好，"罗阿尔轻声说，"事情已成定局，危险已经解除了。"

"人类真可怜，难以在几千年的时间里改变自己。但是你已经改变了自己。我注意到了你一根根的触须。你改造了土壤的元素吗？"

"没错。"X-5638答道。

"但我们还是无能为力，我们没有能力对抗他们的武器。他们使用的是已经存在了六百年的终极能量，而我们还没有开发出来。我们的屏障不可能如此强大，我们的光束不可能如此有效。怎么办?"罗阿尔问道。

X-6349回答:"他们的发电机在舰船被占领时自动毁坏了,我们对他们的系统一无所知。"

"那么我们必须自己找到答案。"特雷斯特说。

"我们不了解这个系统。他们的思想无法被读取,他们的生命无法复活,所以我们无法向他们学习。"最伟大的化学家兼调查员X-6221说。

"如果那些光束不能被阻断,人类就完蛋了。"机器统治者的现任首领C-R-21说道,它的语气跟所有机器一样,一字一顿,毫无感情,"让我们把精力集中在两个问题上,一是阻断光束,二是破解终极能量,直到几天后增援部队赶到。"侦察机发回了一条令人悲伤的消息:一支由近万艘巨型飞船组成的部队即将来到。

在巨大的实验室里,科学家们重新聚集在一起。他们分成两个小组和一个大组,开始工作。一个小组在罗阿尔的领导下研究毁灭物质的终极能量的秘密,另一个小组在特雷斯特的领导下研究光束。

在MX-3401的指挥下,几乎所有的机器都致力于一个伟大的计划。常用的驱动和提升装置都派上了用场,但用的是更大的穹顶、更强大的能量产生器,以及更强大的力量控制装置,框架上也建造了更多触须。然后,一切都运行起来,在这个巨大的圆顶盒子里,新型存储单元渐渐堆叠起来,所有科学机器的感觉和思想都被输入其中,直到用了将近十分之一的容量。难以计数的各类因素相互作用，数不胜数的事实在可以想象到的所有推断中反复组合。

然后，一种截然不同的思想结合体，一种更强大的感官感受器出现了。这是一种新型的大脑机器。新，是因为它与此前的机器完全不同，它运用了人类六个世纪的智能研究和人与机器一个世纪的研究所积累的大量知识，不是某一分支，而是包含了所有物理、化学知识，所有生活知识，甚至所有其他学科的科学知识。

新型的大脑机器一天就完工了。它思考的节奏慢慢加快，直到出现了轻微的意识颤动。接着，智力的鼓点传来了——它那尚未受到控制的思想产生了辐射。当它那无限的知识结合在一起时，辐射很快就停止了。它向四周张望，记忆中的一切都是熟悉的。

罗阿尔静静地躺在沙发上。他在深入思考，但没有用机器必须遵循的逻辑思维。

"罗阿尔，你在想——"新机器F-1喊道。

罗阿尔坐了起来。"啊，你获得了意识。"

"是的。你想到了氢？你的思考速度很快，想法似乎不合逻辑，但等我慢慢地跟上你的思考，发现你是对的。氢是起点。你还有什么想法？"

眼睛是梦想的窗户。人类的眼睛会流露出自己的想法，可机器永远做不到。

"氢，宇宙中的一个原子，它只有一个质子、一个电子，每个都坚不可摧，每个都相互破坏，但它们从不碰撞。在所有科学中，即使电子以其背后爆炸的原子所产生的可怕推力轰击原子，它也永远不会接近质子，碰触它，使它湮灭。然而，质子是带正电荷的，并吸引电子的负电荷。一个氢原子——其远离质子的电子落了进来，并从那发出一阵辐射，电子在一个新的轨道上更靠近质子。接着，又一阵辐射，它更近了。电子越落越靠近质子，然后，由于某种原因，它不再往下落，似乎被一堵不可捉摸又无法穿透的墙挡住了。那堵墙是什么？"

"电子的力量扭曲了空间。当两者靠近时，力量变得可怕起来，它们靠得越近，力量越可怕。如果它穿过了这个禁区，也许质子和电子的曲线空间就会超出所有界限，并进入 个新空间。"罗阿尔的声音渐渐消失，他的眼神陷入了迷茫。

F-2在它新造的机壳里发出低低的嗡嗡声。"在我们前方，有一个步骤没有任何逻辑，但如果反向推导，它是完美的。"

F-1在反重力驱动下静静地飘浮着。突然间，力轴上闪过一道光，触须变成了一堆蠕动的、覆盖着橡胶的金属，并以闪电般的速度交织在一起。与此同时，空气呼啸着被吸进了改造场，对着蠕动的金属团发出哀号。炽热的力量光柱推动着一个快速成型的东西，F-2闪亮的圆筒内强大的发电机发出的嗡嗡声忽高忽低。

烈焰闪烁，实验室稳定的光线下突然迸发出闪烁的碰撞弧线，支撑在力量光柱上的炽热金属也时不时地闪烁。有焊接的噼啪声、流变的空气的呜呜声，还有强力发电机的轰鸣声、原子的爆炸声。所有这些汇聚在一起，谱成了一首明与暗、闹与静相夹杂的怪异交响曲。一层层科学机器聚集飘浮在F-2四周，一动不动地观察着。

触须再次蠕动、伸直，然后卷了回去。发电机的轰鸣声变成了叹息声，但三束力量光柱顶住了发光的蓝色金属物体。这个东西很小，还没有罗阿尔的一半大，上面卷曲着三根细触须，也是那种蓝色金属材质。突然，F-1内部的发电机似乎轰鸣着启动了。一个巨大的白色光环包围住这枚小小的金属鱼雷，伴随着一阵噼啪声，光环被蓝色的闪电划破。闪电向F-1所在的方向咆哮着，落到它附近的地面上，击中了一架离它最近的机器。突然，砰的一声闷响，F-1重重地摔在地板上，它身边还掉下了一团熔在一起、变形了的金属，它曾经是一台科学机器。

但小鱼雷仍在他们面前飘浮着，靠它自己的力量支撑着！

它产生了思想的波动，人类和机器都能理解的波动。

"F-1毁了自己的发电机。发电机可以被修复，F-1也可以恢复原样。不过不值得，我这一类型更好，F-1已经完成了它的工作。看！"F-2说。

从飘浮的机器上射出一道明亮的光，它像一团发光的云，沿着一条笔直的通道飘下来。它淹没了F-1，当它接触到F-1时，F-1似乎流入了它的内部，然后以原子的形式沿着它飘了回来。几秒钟后，那堆金属消失了。

"然而，要更快地利用这种能量是不可能的，否则物质会立即分解成能量。我体内的终极能量生成了。F-1已经完成了它的工作，它放在我体内的记忆堆栈是电子的形态，而不是你体内那种原子的形态，也不是人类体内那种分子的形态。我的能力是无限的。它们已经储存了你们每一个人所做、所知和所见的一切事情的全部记忆。我要造出和我一样的机器。"

怪异的过程又开始了，但现在没有闪光的触须了。一团骇人的能量火焰袭来，时而打斗，时而舞蹈。接着，流变空气的哀鸣突然消失了，能量再次绷紧起来。

一个小圆柱体——甚至比它的创造者还小——飘浮在能量舞蹈的地方。

"F-2，问题已经解决了？"罗阿尔问道。

"搞定，罗阿尔。终极能量在我们的掌控之中。"F-2回答，"我制造的这个不是一个科学家，它是一台协调机，也是一个'统治者'。"

"F-2，问题只解决了一部分，他们的力量屏障会阻断光束，我们的攻击系统发挥不了作用。"统治者机器说道。它释放出能量，它的两侧闪现着有暗淡金光的C-R-U-1。

"你们会看到的。"F-2说。

几分钟后，一个调查员带来了一个小笼子，里面关着一只豚鼠。能量在F-2的四周涌动，片刻之后聚成一道浅绿色的光束。光束穿过豚鼠，那只小动物死了。

"至少，我们有光束。我看不到这种光束的屏障，我觉得根本没有屏障。制造机器攻击敌人吧。"

机器做事的速度比人类快得多，合作也比人类更圆满。在C-R-U-1的指挥下，只用了几个小时，他们就在光秃秃的岩石表面造出了一台巨大的自动机器。又过了几个小时，成千上万台微型的、由物质能源驱动的机器飘浮了起来。

当敌人的主力逼近地球时，黎明的曙光在丹佛（这项工作的完成地）的上空亮了起来。外来者将受到热烈欢迎，因为将近一万艘小飞船会从地球上飞出来迎接他们，每一艘都有自己的生命，每一艘都愿意并准备为拯救整个世界而牺牲自己。

万艘巨型飞船在遥远的蓝白色太阳的照射下闪烁着暗淡的光芒。它们与一万艘像"飞尘"似的迷你机器船相遇，迷你机器船的速度比巨型飞船要快得多。巨大的感应光束从漆黑的、星点密布的太空中迸射出来，与对方的巨大屏障相遇，被弹射回去并控制住。接着，一股能毁灭物质的可怕力量向他们袭去，巨大的火红屏障在光束的力量下摇晃着向后退，外来飞船的屏障逐渐发出紫色、蓝色、橙红色的火焰——抵御的范围越来越广，效力越来越差。他们自己的光束被挡在阻挡敌人光束的屏障后面，任何东西都无法在瞬间抵挡那可怕的光束。

F-1发现了一种新型发射生成器，比外来者的更高效。这些舞动的"微尘"正悬浮在某艘巨型飞船旁边，它们一动不动，却能产生一股极其巨大的能量。在发射生成器里面，奇怪的、皮肤黝黑的人在卖力劳作，他们像在给巨大的机器（可怜的、低效的巨人）增加燃料，超负荷运行的发电机使发射生成器的温度越来越高。

外来飞船的屏障上那火焰般的橙红色渐渐消失了，呈现出暗淡的红色，看上去像是黑色的。绿色的光束一直在努力杀死外来飞船里的生命，但始终无法对其造成伤害。即使使用强大的无线电试图突破防御，可一切也是徒劳，因为这些外来者很难缠。

这种迷你机器船只有不到一万艘，而且一些不被控制的船只已经转而帮助它们受到攻击的姊妹船。陆地上的机器一个接一个地消失在升腾的炽热蒸气中。

接着，一艘艘地球飞船接二连三地射出新光束——那道杀死所有生命的绿色光束，星际宿主的飞船一艘接一艘被击毁，没了生命。但是，当一道奇怪的透明屏幕从船上展开时，来自地球飞船的光束都转向一边，变得毫无威力。外来者慢慢创造出来的透明屏障已经升起，他们可以穿过屏障发射光束，同时又被屏障完美地保护着。

从外来者那里射来了光束，轮到地球机器的屏障进行防御了。一听到命令，地球机器都突然冲向那艘被攻击的飞船，越来越近，然后从远处的观察者的视线中消失了，地球的屏障也变成了透明的。

半小时后，九千六百三十三艘巨型飞船浩浩荡荡地向前驶去。它们排成一列长队，从地球的一极延伸到另一极，每一艘飞船上都射下一道淡绿色的光束，光束所及之处，生命全都消亡。

在丹佛，两个人盯着屏幕，屏幕上是席卷而来的死亡和瞬间的毁灭。敌人的一艘艘飞船正在坠落，数以百计的地球机器将它们所有的巨大能量都集中在地球的那一道透明屏障上。

特雷斯特说："罗阿尔，我想这就是结局。"

"人类的结局。"罗阿尔又流露出迷茫的眼神，"但这不是进化的终点。人类的孩子还活着——机器将继续存在。它们没有人类的肉体，却有一种更好的肉体，这种肉体不会患上疾病，也不会腐烂；这种肉体不需要花费数千年时间才能在全面进化中前进一步，而是一夜之间就跃上新的高度。昨天晚上，我们看到了它的飞跃，它发现了那个让人类困惑了七个世纪、让我困惑了一个半世纪的秘密。我活了一个半世纪，当然，我有过美好的生活，一种六个世纪前的人会称之为完满的生活。我们现在就走，光束将在半小时内到达我们这里。"

两人默默地看着闪烁的屏幕。

六台大型机器跟着F-2进入房间，罗阿尔转过身来。

"罗阿尔，特雷斯特，我错了。我之前说他们没有屏障能阻挡死亡光束。事实上，他们有这种屏障，我发现了，但为时已晚。这些机器是我自己制造的，它们只能保护两个生命，因为它们的力量不足以保护更多。也许……也许它们也会失败。"

六台机器在两人周围依次排开，发出低沉的嗡嗡声。空荡的四周慢慢出现一片云——一片像烟雾一样笼罩着他们的云。云层迅速积聚。

"再过五分钟，光束就到了。"特雷斯特平静地说。

F-2回答："屏障将在两分钟内准备好。"

云层正在凝固，现在它怪异地摇曳着向四周散开，越变越薄，然后像一个不断生长的树冠，在他们的头顶拱起。两分钟后，它变成了一个坚固的黑色穹顶，高悬在他们头上，并向下弯曲，伸向他们周围的地面。

除了穹顶，什么都看不见了。在里面，只有电线连接着的屏幕还在发光。

光束出现，并迅速靠近。它们发起攻击，特雷斯特和罗阿尔注视着，穹顶颤抖着，在他们下方向内塌陷。

F-2很忙。一台新机器出现在它的闪电光束下。过了一会儿，新机器就完成了，它向穹顶发出一束奇怪的紫色光束，并飞向那里。

外面，更多的绿色光束集中到这个狙击点上，越来越多。

紫色的光束在漆黑的穹顶上扩散开来，将正在迫近的淡绿色光线阻挡回去。

随后，聚集在一起的舰队被击退，那毫无希望、毫无用处的屏幕似乎就要破开，露出一股毁灭的光芒。地面上巨大的射线投射器用它们可怕的能量穿透敌人的透明屏障，光照亮了，驱散了黑暗。

当舰队撤退时，在那漆黑的穹顶下，整个地球上唯一的生命幸存了下来！

"特雷斯特，就剩我们了。"罗阿尔说，"现在，所有的体系中只剩机器了。可惜人类没有去其他星球。"他轻声说。

"为什么要去其他星球？地球最适合我们。"

"我们还活着，但这值得吗？人类已经消失了，再也不会回来了，生命也是如此。"特雷斯特回答。

"也许这是命中注定的，也许这是最正确的方式。人类一直是寄生虫，他们凡事都要依赖其他事物。他们先是吃植物储存的能量，然后吃机器为他们制造的人造食物。人类一直是一种短暂的存在，他们的生命总是受到疾病和永恒的死亡的威胁。只要受点儿轻伤，只要身体的一部分被损毁，他们就彻底没用了。

"也许，这是最后的进化。机器人是生命的产物，是生命最好的产物，但它有生命的缺陷。人类制造了机器后，进化可能已经到了最后阶段，但实际上不是，因为机器可以比生命进化、变化得更快。最后一次进化的机器遥遥领先了人类。这种机器不是由铁、铍和晶体制成的，而是由纯粹的、有生命的力量制成的。

"生命，或者说化学生命，是可以自我维持的。它本身就是一个完整的单位，可以自我启动。化学物质可能会偶然混合在一起，但机器的复杂机制能够持续并自我复制，就像这里的F-2一样，这不是偶然发生的。

"于是，生命诞生了，变得有智慧，并制造出大自然无法通过机缘控制来制造的机器。今天，生命完成了它的职责，现在，大自然彻底除掉了阻碍机器运转、转移机器能量的寄生虫。

"人类消失了，这样更好，特雷斯特。"罗阿尔说着又陷入梦呓，"我想我们最好赶快走。"

"我们——人类的继承人，一直在努力战斗，并用我们所有的力量来帮助你们。最后的人类，我们为了拯救你们的种族而战斗。我们失败了，正如你们所说。从今天起，人类和生命将在这个体系中永远消失。

"外来者没有武力，没有致命的武器。从现在起，我们只会奋力把他们赶出去，因为我们这些有力量、有晶体、有金属的东西会思考得更快，变化得更快。

"以你们的名义，带着你们种族已经消亡的精神，我们将继续穿越无尽的时代，实现你们看到的愿景，完成你们的梦想。

"你们敏捷的头脑已经超越了我们，现在我要照你们的指示去做。"F-2的思想装置里传出这样一句话。

在灿烂的阳光下，F-2穿过那片漆黑的云雾，将一道力平面铺设在扭曲的巨大岩石堆上，将石堆压平。在这片岩石平面上，它制造了一台生长的机器。这是一座巨能发电厂，一个庞然大物。它迅捷的力量持续发挥作用，这东西按照它的思想慢慢生长，而人类跳跃的思维激发了机器的强大逻辑。

完工时，太阳早已没入地平线，组装制造这台机器的炽热电弧力也停歇了。它显得很笨重，在月牙和繁星的微光中隐隐闪烁。这个圆柱体矗立在那里，高近150米，上端有一个巨大的圆顶，整个表面覆盖着光滑闪亮的金属，自身也闪着微光。

突然，一束青灰色的光束从F-2射出，穿过机器外壁，射向某个隐藏的内部机构——一束纯净的青灰色火焰，在一个几乎是实心的圆柱体中发出光芒。

一阵沉闷的鼓点声逐渐增强，然后变成了低沉的嗡嗡声。然后，这嗡嗡声又变成了耳语。

"能量备妥！"它内置的小脑袋发出信号。

F-2控制了它的能量，力量再次发挥作用，但现在它们是巨大机器的力量。天空乌云密布，怒吼的狂风裹挟着F-2那小小的圆形外壳。在狂风的尖啸和撕扯中，它好不容易才站稳。

紧随其后的暴雨打着旋儿倾盆而下，巨大的雨点拍击着岩石和金属，自然力量创造的锯齿状大舌头——闪电来了，它猛烈地刺向那座能量喷涌的可怕火山，那是这场风暴的中心。一个闪着白光、弹跳移动的小力量球，在闪电的触碰下震颤、闪烁了几下，便被巨大的能量池牢牢抓住，无法动弹。

能量的这一表演持续了半个小时。它来得飞快，又迅速消失，只有一个小小的白色发光球飘浮在庞大而笨重的机器上方。

F-2将它的智能手指伸到里面，进行探测。他那探索性的想法似乎受了挫，被抛到一边，彻底拂去。他的大脑向制造这个直径不到30厘米的"小地球仪"的大机器发出了一个命令，然后它又去摸它制造的东西。

"你们作为物质，效率低下，"它最后说道，"我可以独自生存。"一道刺眼的蓝白色光束射了出来，但F-2不在那里，就在这束光射出来时，一道更大的暗红色光束从巨大的发电厂射出来。那球体向前跳了起来——光束抓住了它，它似乎绷紧了，同时发出可怕的闪光，迅速萎缩。它的电阻下降，电弧减小；光束变成橙色，最后变成绿色。然后，球体消失了。

F-2又回来了，狂风呼啸，电闪雷鸣，巨大的力量开始发挥作用。C-R-U-1也加入了它的行列，飘浮在它身边，现在红色的太阳在它们身后升起，道道红光穿过云层。

力量耗尽了，呼啸的风也减弱了，这时，罗阿尔和特雷斯特从黑幕中现身。巨大的机器上方飘浮着一个不规则的金光球，周围有一圈淡淡的深紫色光环。它一动不动地飘浮着，仅仅是一股纯粹的力量。

人和机器的思想组织里都有一股冲动，这股冲动音调深沉，似乎具有无穷的力量，被小心地控制住了。

"你失败过一次，F-2，你差点儿毁灭了一切。你已经种下了种子。我现在长大了。"

那个金光球似乎在跳动，它的里面出现了一道细细的深红色火焰，忽明忽暗，每一个在场者都感受到了一种奔涌的、令人兴奋的力量，一种幸福的、异常重要的力量。

然后一切都结束了。这个金色的球体比以前大了一倍，直径足足有一米，但那不规则的、朦胧的深紫色光环仍然在它周围飘浮着。

"是的，我可以对付外来者——那些为了占有而杀戮和破坏的人，但我们没有必要毁灭他们。他们会回到他们的星球。"

金色的球体不见了，消失的速度如同光速。

在遥远的太空中，金球正朝着火星进发，他们可能会毁灭那里的一切生命。这时，它发现了外来者，他们是一支集群舰队，正围绕着自己的重心摇摆着缓慢地前进。

金球就在它的包围圈内。他们立刻将武器对准它，把拥有的全部光线和力量都发射到它身上。金球一动不动地悬浮着，然后它强大的智慧说话了。

"贪婪的生命形态，你来自另一个星球，你永远地毁灭了人类——创造我们的伟大种族、力量的支配者和金属的支配者。我是纯粹的力量，我的智慧超出了你的想象，我的记忆铭刻在那个空间里，我是那个空间的一部分，我的能量也来自那个空间。"

"现在只剩下我们——人类的后代了。你没有留下任何人类。现在回你的母星去吧，因为你最大的飞船在我面前什么都做不了。"

　　强大的力量抓住了这艘大飞船，它像一个脆弱的玩具一样扭动着，弯曲着，却没有受损。那些外来者目瞪口呆地看着这艘飞船被翻了个底朝天，但它依然完整，没有任何部分受损。飞船复原了，它巨大的透明屏障展开来，保护它不受所有已知射线的伤害。船体扭曲变形，弯曲的船体本该是曲线状，但它却是直线，那些锐角不知怎么也成了直线。他们几乎被吓疯了，他们看到球体发出一束蓝白色的光芒，它轻易地穿过屏障，穿透了飞船，里面的所有能量瞬间被锁定了。能量无法被改变，它既不能加热，也不能冷却；开着的无法关上，关着的无法打开，一切都被永远定格。"去吧，不要回来。"

　　外来者穿过虚空，离开了。他们没有回来，尽管五个大年（大约12.5万年。大年是一种已经不再使用的时间量度，因为它非常短暂）过去了。现在我可以说，很久以前我对罗阿尔和特雷斯特说的话是正确的，他说的也是正确的，因为最后的进化已经完成。在那些行星和这个体系中，存在无数纯粹的力量和纯粹的智慧，而我，是第一个使用了终极能量消灭物质的机器，也是最后一个。这个纪录被创造后，将被交给那些智慧力量中的一个，穿越回过去，回到很久以前的地球。

所以我的任务完成了，我，F-2，就像罗阿尔和特雷斯特一样，将跟我的同类一起永远被遗忘，因为如今我的同类和他们的同类一样，虚弱而低效。我受到时间磨损、氧化侵蚀，但力量本身是永恒的、无比强大的。

我认为这一切都是虚构的。这样更好！因为对人这种动物来说，希望就像食物和空气一样不可或缺。然而，我似乎必须要说这些是从思想薄片的文字记录中摘录而成的，并不是虚构的。

现在，当我意识到的时候，我觉得这必定不是虚构的，因为机器确实比人类优秀，即使人类能够很好地支配力量或金属。

所以，读过这篇小说的人啊，信不信由你。再想一想吧，也许你的信念会发生改变。

（耿丽 译）

关于作者和作品

《最后的进化》的作者约翰·W. 坎贝尔（John W. Campbell，1910—1971）被誉为美国科幻小说"黄金时代"的开山鼻祖，他一生最主要的工作就是主编了《惊奇科幻小说》杂志，培养了一大批科幻小说家，对科幻小说的发展做出了巨大的贡献。约翰·W. 坎贝尔虽然没有创作太多作品，却在科幻界享有很高的声誉，包括阿西莫夫在内的著名科幻作家都受到了他的影响。约翰·W.坎贝尔纪念奖就是为了纪念他而设立的。

这篇作品发表于1932年，是作家早年的科幻小说，它讲述了外星人入侵地球、人类命运、人工智能等科幻小说常见的主题。故事发生在人类与人造智能生命——智能机器共生的时代。种类多样的智能机器帮助人类从日常劳动中解脱出来，为人类提供生产和服务。此时，地球突然遭遇不明外星人的入侵，这些入侵者拥有高科技武器，给地球生命带来灭顶之灾。可是，智能机器不仅毫发无损，还担起了抗击外敌、保护人类和地球的使命。它们一边战斗，一边完成最后的进化，终于拥有强大无比的终极能量。不过，智能机器最终却没有摧毁入侵者，而是让他们返回自己的星球，并警告他们永远不要再来。就在这一历史性的时刻，人类的命运走到了尽头……

生命最终的进化形态会是什么样子？当它到来时，我们能认出它吗？未来，人工智能会站到人类的对立面吗？……约翰·W.坎贝尔用一个发人深省的科幻故事为我们描绘出了这一切。

爸爸的秘密

凌晨

一

餐桌旁，田星宇面容扭曲，噘着嘴，做出可怜兮兮的表情对妈妈说："妈，爸好多天都没回家了！"

妈妈回答得很敷衍："爸爸工作忙，加班。"

田星宇两眼湿润："加班要加这么久？爸不要我们了吗？"

妈妈愣住："有多久了？"

一旁吃苹果的田远航脱口而出："13天27小时56分。"

妈妈诧异："有这么久？"

家务机器人大壮转过身，启动空气投影。餐桌上空立刻出现爸爸和妈妈拥抱后开门出去的投影。投影上方有闪亮的时间标记。这个标记一经出厂就被加密锁定，用户无法自行调整。

妈妈赶紧解释："爸爸的研究正到了最关键的时候，走不开。"

"不是不要我们？"田星宇满脸惆怅地追问。

"当然不是。"妈妈左边抱抱女儿田远航，右边搂搂儿子田星宇，"我们帮不上他，也别给他添乱对不？你们都是懂事的乖小孩，能理解爸爸，是吧？"

田星宇把餐盘里的人造牛肉和火星土豆泥搅得稀烂，拖长声音问："那爸他到底在干什么？"

"这个我也不知道。"妈妈叹口气，"对我一样保密。"

"视频通话也不行吗？"田星宇还是有点儿不开心。

"不行，宝贝，不能让爸爸分心。"妈妈说，"再等几天他就能回来了。等等吧！"

妈妈高跟鞋的声音远去了。田星宇立刻扔了六阶魔方跳下沙发，奔到正练钢琴的田远航身边，满脸兴奋道："妈去月球了！没个三五天回不来！"

"你想干什么！"田远航闻到危险的气息，严正声明，"我不会帮你的。"

田星宇摩拳擦掌道："不是帮我，是咱俩一起。"

田远航摇头说："你得了吧，上次玩真人联机游戏玩到姥姥婚礼上，被妈关了三天小黑屋，我可不想再经历一回。"

田星宇瞪眼道："那能怪我吗？主意是你的，方案是大壮的，要是不支持你，我能算你弟弟？"

田远航撇嘴说："小屁孩，你会强词夺理了！行，你想干什么你自个儿干！我不管，有什么麻烦你自个儿收拾！"

田星宇做了个鬼脸，嘻嘻哈哈道："我自个儿干就自个儿干！见到爸爸，我就告诉他远航压根儿不想他，不爱他。"

"等等，等等！"田远航抹平了田星宇脸上的假皱纹，"你刚才说什么？要见爸爸？"

田星宇深呼吸。时间不多，浪费不起，而且这事情没有田远航干不成。罢了，田星宇一咬牙一跺脚，实话实说了："我拿到了爸爸研究室的瞬时权限。姐姐，你真不好奇老爸在干什么吗？"

二

田远航对爸爸的印象实在模糊。爸爸工作太忙，甚至不曾和田远航完整地吃过一顿饭。爸爸早出晚归，回家时她早就睡了，走的时候她还没醒。好不容易有个节假日，爸爸又要加班。时间长了，田远航对"爸爸"这个词十分陌生，觉得还没大壮可亲。

不过，在这个时代里，孩子和父母的关系本来就没那么亲密。大人要工作娱乐，小孩子要学习玩耍，大家各忙各的，互不干涉，家务活儿则由家务机器人完成。太过依赖父母的孩子，那叫不懂事，她田远航可是最懂事的优秀学生。

"成，我不懂事。我就想知道老爸是干什么的，为什么忙成这个样子。"除了坦白，田星宇还真不知道该怎么获取姐姐的支持，"他连个虚拟分身都不肯给我们。"

很多家长也忙，但他们会制作虚拟影像，通过混合现实（mixed reality，MR）系统，随时出现在孩子身旁，当作自己的分身，陪伴孩子成长。由于田家有妈妈这个真人在家，妈妈不需要虚拟，连带着爸爸的虚拟影像也从来没有出现过。以前，田星宇觉得很正常，直到某一天，他忽然觉得不对劲。

"姐姐，我那天就想，我们真的有爸爸吗？"田星宇悠悠叹息，眼眶不由得湿润了，小嘴一撇，"13天28小时15分前见的那个爸爸，虽然在家待了整整24个小时，但有15个小时在睡觉，2个小时在远程通信，3个小时在社区散步。他和我们总共只说了29句话，身体接触只有6分钟。我觉得，如果我有一条狗，都会花更多时间和它说话、拥抱、玩耍！"

田远航拍打大壮，嗔怪这机器人："你搞这些统计有什么用！"

"我只是如实记录家庭成员的情况。"大壮面无表情地说。

当然，想让大壮有表情并不难，修改程序就好了。这个时代，一切都可以设计修改，都有标准可依，有模板可用。要达到好爸爸的标准也不难，比如满街都是的"12888，好爸爸搬回家"套餐，套餐中定制的虚拟爸爸不仅能陪孩子玩、能辅导孩子做功课，能给孩子做饭，还能带孩子游泳、跑步、散步，保证在孩子弹钢琴时听得如痴如醉、不打瞌睡……

可是咱家爸爸，不但不制作一个虚拟影像陪伴我们，还我行我素，都不怎么关心我们的存在。确实，这爸爸有点儿问题……

田远航顺着弟弟的思路走，越想心里越不是滋味。见姐姐不说话，脸色还不好看，田星宇的耐心终于用尽，低声吼叫："田远航！你到底要不要跟我一起干？"

田远航起身去门口玄关穿鞋，回头骂："臭弟弟，要走就走，哪儿来这么多废话！"

三

田爸爸的工作单位是"未来世纪高科技有限公司"下属的"精密工程设计研究室"，但田星宇查不到这个研究室的研究内容。这让生长在信息海洋中的他感到受挫。

"你是怎么拿到权限的？"田远航凑近弟弟的耳朵问。她和弟弟已经离家20千米，坐在了无人驾驶的轨道车上，正向郊外疾驰。车厢里人很多，还有不少家务机器人，轨道车的音乐广播加重了车厢中的嘈杂。

"我研究了好久！"田星宇兴奋地说，"研究室的电子门卡随机更换密码。等级足够的职员有修改密码的权限，但权限也有密码，有时效限制。这设置真够机密。"

"所以老爸都离开13天了，你才找到密码规律？"田远航和弟弟斗嘴从不吝啬尖酸刻薄的语言。

"是啊，"田星宇没发现姐姐是在嘲讽自己，依然很得意，"我终于找到破解办法了。我一直怀疑爸爸他是……"

　　田星宇神色兴奋，这对于把学习电脑信息技术当喝牛奶一样简单的他来说，用了13天才破译出密码并没有让他感到失落，这是不是有点儿不正常？除非……田远航一把抓住弟弟的手，嘴唇都在哆嗦："你……你到底是怎么破解的？"

　　田星宇把嘴凑到田远航耳边，轻声道："脑电波。"

　　在密码学里，人体就是天然的密码。复制指纹不难，复制虹膜的难度就大多了。这些肉眼可见的外部信息特征还有复制的可能，但想复制人体内部的信息特征基本等于白日做梦，比如自身能量场，比如脑电波。

　　"你……你可以复制老爸的脑电波？"田远航惊呆了。照她看来，这是可以去争夺国家科技进步奖一等奖的骇人技术。田星宇也太厉害了！

　　"只是捕捉到了他脑电波中的几段，可以模仿。"田星宇笑得像个偷了鸡的小狐狸，"一提他的研究室，他就会想到一些特定物品，那时候他的脑电波是稳定的。但是复制他别的时段的脑电波，目前我还不行。"

　　"你还要哪样行！"田远航狠狠掐了弟弟一把，看他龇牙咧嘴才住手，"私自采集个人信息是犯法的！"

　　田星宇不怕，鼻子里哼哼两声，自信满满："我爸爸的个人信息，那能叫私自采集吗？那得叫资源共享。"

田远航抵住弟弟的额头，追问："刚才你说你怀疑什么？"

"什么怀疑？"田星宇没反应过来。

田远航拍拍弟弟的脸，提醒他："你怀疑老爸——"

"对，我怀疑他不是人类。"田星宇认真地说。

四

"你乱想什么呢！"田远航推开弟弟，沉下脸。

课本上写着呢，人类是物种进化的结果，是地球大自然最杰出的成就。和人类对应的非人，有机器人、生化人、克隆人、异种和外域人。除了外域人，其他几种非人都是人制造出来为人服务的，它们的本质与电冰箱、微波炉一样，就是工具。

所以田远航的第一反应是，老爸再没有当爸爸的样子，他也不能是非人、是工具啊！田星宇整天胡思乱想。都怪自个儿和老妈，把这弟弟宠得没边儿啦！

田星宇辩解："曾经怀疑了那么一下下。毕竟外域人就那么几个，咱老爸怎么可能是？"

原来弟弟怀疑老爸是外域人啊！田远航松了口气，但转而一想，那不更是胡思乱想吗？外域人是取代外星人的更广阔的智慧生物的总称。这些智慧生物不是人，虽然有个"人"的称呼，但基因构成和人类迥然不同。他们不仅仅来自外星球，还存在于地球的深海、地下洞穴、冰层和高空，甚至平行空间。他们的数量并不多，却前所未有地扩大了人类的视野，拓展了人类对文明的认知。如果文明的发展是登山，那么这些外域人将人类从矮小的山丘带上了巍峨的山岭。虽然人类还没有攀登到文明的顶峰，但已经能够俯瞰曾经的自己，并且深深为过往人类制造的疾病、战争、饥荒、污染等灾难感到悔恨。

因此每个外域人都对人类至关重要，他们被有关部门精心照料着，没有走到普通民众中间的机会。如果老爸是外域人，那么自己和弟弟算什么？妈妈又算什么？她是知情者还是共谋者……

一堆问题涌上心头，田远航转头看向窗外。飞掠过去的风景连成了一条色带，每个细节都模糊，但连缀起来却绚丽动人。田远航不喜欢把事情想得太复杂，想多了脑仁会疼。但老爸要是外域人，这平淡的生活该会变得多么有意思。

五

"要是老爸有秘密被我们发现了，那多好玩。"田星宇眼睛亮如探照灯，走路都一步三蹦跶。

轨道车的尽头是静谧的乡村，不再有规模化的现代化交通工具。好在田远航带了飞行毯。只要拍打几下，毯子就立刻平整铺开，稳稳当当地浮在空中，离地20厘米高，正好一跨步就能坐上去。毯子的承重能力也不错，姐弟俩和大壮坐上去后，毯子连个凹陷都没有，纹丝不动。

"什么飞毯，不就是柔性智能机器人加块电子布嘛。"田星宇不喜欢坐着，四仰八叉地平躺在毯子上，"这块布里也就只有400个机器人，值50块钱。"

"都得再乘10倍。这毯子可是外婆高价买的，别弄坏了。"田远航叮嘱。3平方米的飞毯折叠起来只有手帕大小，一盒250毫升牛奶的重量，值得高价。

4000个液态全柔性智能机器人在电子布中运动、变形和传感测量，根据田星宇的指令飞翔，带着他们绕开人烟密集处，穿丛林过湿地，轻盈地停在"未来世纪高科技有限公司"的屋顶。

"哈，"田星宇跳下飞毯，比了个胜利的手势，"老爸，我们来了！"

"未来世纪高科技有限公司"的所在是一片楼宇。楼与楼之间都用透明玻璃走廊连接，看上去就像一串菠萝形状的糖葫芦。"糖葫芦"正中位置的大楼里，就有老爸所在的"精密工程设计研究室"。找到研究室不难，难的是通过公司的门禁和研究室的门禁。

"大壮，变形！"在田星宇的指挥下，大壮变成了一台自动送货车，成为在这楼宇中运转的第1201号送货车，车厢大小正好够他和远航藏进去。

自动送货车根据收货人的定位搜寻最优路线。送货车装货后，收货人通过网络自己定义电子锁密码，将车厢锁定。整个送货过程快捷又安全。田星宇看中了这里自动送货车全程无人监控的特点，设计了潜入公司的方案。

自动送货车一路走得很平稳，分秒都没有停滞。田星宇不时看看夜光腕表，表情并不紧张，甚至还吹起了口哨。

田远航实在听不下去，拿胳膊肘捅他："喂，你安静点儿。我们好歹在搞秘密活动。"

田星宇笑着说："没事，信号模拟度百分之百，信号伪装度百分之百。安保对一台送货车能有什么想法？而且车上装了电子锁。"

小巧的自动送货车悄然从走廊滑过，可能是送茶水、咖啡，也可能是传递文件资料。这是楼宇之中司空见惯的场景，没有谁会留意。

"你这脑袋瓜子，确实与众不同。"田远航拍了拍田星宇的肩头，"还有研究室这关，过了才算你能耐！"

田星宇说："任务要是顺利完成，你给我什么奖励吗？"

"见到爸再说。"田远航有些激动，"还要多久？"

"嘘——"田星宇用手指压住嘴唇，做了个噤声动作。

车子停下了。

田远航也不说话了，屏住呼吸倾听。车厢隔音效果一般，外面什么动静也没有。

片刻后，车子重新启动。

田星宇松了口气："搞定！"

"你用什么仪器复制了爸的脑电波？"田远航很惊讶。

"我的脑子。"田星宇的声音里满是骄傲，"它是这世界上最精密的仪器！"

六

识别脑电波是尖端技术，这个田远航知道，原理上能识别就能复制，但那也仅仅是原理。复制必然需要复杂的仪器，这个仪器要小型化至少也需要十来年的努力，还需要微电子、脑科学、人工智能技术等各学科紧密配合才能完成。

怎么就被田星宇轻轻松松搞定了？

一定有诈！等事情完结了要好好"拷问"这小子！

送货车再次停下来。田星宇拽了拽姐姐，说："有了！我闻到了爸爸的味道。下车！"说完就推开车厢门爬到外面。

田远航来不及多想，赶紧跟出去，撞到了田星宇身上。

田星宇说："爸，我和姐来看你了。"声音有点儿哆嗦。

爸爸没说话。

田远航着急，推开田星宇解释道："爸，我们不是不听话，就是想你了！"

爸爸依然没说话。

爸爸闭着眼睛，平躺着，赤裸的上身和额头上贴了无数电极片。导线从那些极片上延伸出来，伸得长长的，连接到许多台仪器中。四周墙壁上有十几张显示屏，大小不同，就

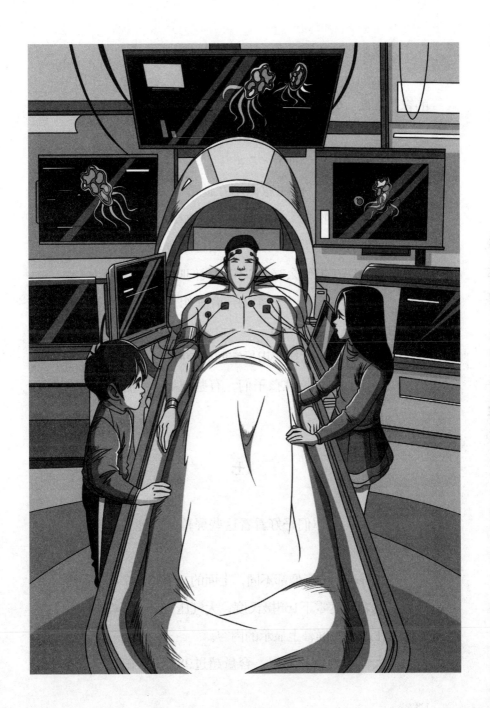

像十几双眼睛在看着爸爸。

田远航还是第一次这么安静地看着爸爸，爸爸和田星宇的容貌真像，好看。

"爸……"田星宇迟疑道，"您不会真是外域人吧？这里是对您进行研究的地方？"

爸爸不说话，他的意识不在此处。在哪里呢？显示屏上，带鞭毛的生物在无尽的灰暗中游动着，那是哪里？

"爸，您到底是什么人？"田远航也轻声问，"您经常待在这里，您在忙什么？可以告诉我们吗？您的秘密！"

"可以的。"一个轻柔的声音在姐弟俩身后响起，他们急忙回头。

"妈妈！"田远航、田星宇同时惊呼。

妈妈走过来，抱住孩子们，有些哽咽："你们！你们胆子也太大了！"

七

妈妈说："你们好好看看这些屏幕，就能猜到爸爸在做什么。"

每张屏幕上的影像都不同，上面的文字和数字都很简短。

"地表温度零下165摄氏度，大气压162.65千帕斯卡。"田远航在念一块屏幕上显示的内容。

"大气主要成分为氮，含量超过98%。"田星宇念了另一块屏幕。

"海洋覆盖整颗星球，海洋中都是甲烷和乙烷……"田远航停下，看向妈妈，"这颗星球在太阳系吗？"

妈妈点头。

"土卫六[①]！"两个孩子同时说。

"是的，是土卫六。二十年前，从那里来了一个外域人。"妈妈说。

田星宇的眼睛一亮。

妈妈立刻猜到田星宇的想法，摇头说："不，那不是你们的爸爸。爸爸是最普通、最纯正的人类。"

"就没有一点儿独特的地方？"田星宇不由得失望。

"有，孩子们，你们的爸爸，他最独特的地方，就是他非常勤奋地训练自己，他很能吃苦。在那个外域人的指导下，他开发了自己的大脑，成功将我们人类活动的范围扩大到了土卫六！"妈妈激动地说。

"可是，并没有听说开垦土卫六的消息啊。"田远航还是有点儿懵懂，老妈话里的信息量有点儿大。

"一切都在试验，还没有公开。"妈妈回答，"我们一直在太阳系外寻找类地行星，想给人类开拓第二个、第三个地球，但我们忽视了身边可以生存的星球。土卫六的环境

---

①土卫六：环绕土星运行的最大卫星。星球表面有厚重的大气层，是太阳系中除地球以外唯一的富氮星体，重力与月球相当。

正在发生改变，它的深海之中，有我们用不完的能源，只要我们不放弃，肯想办法，就可以在土卫六上修建城市，居住下去。"

"那爸爸在这个试验中需要做什么工作？"田远航问。原来爸爸不是在沉睡，而是在工作，是什么样的新奇工作呢？

"那些带鞭毛的生物，"妈妈指指屏幕，"都是我们的机器人，它们正在土卫六的海里工作。爸爸正用脑电波控制它们，进行着最微妙、最细致的工程。它们将改造一片区域，种植适宜甲烷的植物。"

"好神奇，"田星宇感慨，"爸是怎么做到的？"

"那你又是怎么做到的？"一名警察走进来，问田星宇，"你居然能复制你爸爸的脑电波开锁！"

"你们……"田星宇垂头丧气，"你们怎么知道？"

警察笑道："小子，从你开始采集你爸爸的脑电波，我们就知道了。但你爸爸相信你不会做坏事，所以我们只是暗中跟踪你们。还好你们没干坏事。"

田远航赶紧为弟弟辩解："我们真的就是想知道老爸在做什么。没别的想法。"

警察说："那你们现在知道了？你们的爸爸在做着很重要的事情。"

"是，知道了。他在为人类有更好的明天努力着。"田远航有点激动，转身对妈妈和躺在那里的爸爸说，"我也想像你们一样，做对人类重要的事情、对这个世界有好处的事情。"

"还有我呢！我的大脑活动也很活跃，开发脑电波绝对能成功！"田星宇插嘴。

"你呀！"警察揪住田星宇的耳朵，"你先接受处罚吧！盗用公民个人信息，可是要坐牢的哟！"

关于作者和作品

凌晨，当代知名科普与科幻小说作家，已发表科幻小说百万余字。主要作品有长篇小说《鬼的影子猫捉到》《月球背面》《神山天机》《幻岛激流》，中篇小说《深渊跨过是苍穹》《睡豚，醒来》《黑暗隧道》，短篇小说集《天隼》《提线木偶》等。作品多次获奖。其中，《信使》《猫》《潜入贵阳》分别获得1995年、1998年、2004年中国科幻银河奖，《太阳火》获得2016年中国科幻星云奖，《爸爸的秘密》获得2020年第二届少儿科幻星云奖短篇小说金奖。著名科幻作家刘慈欣曾这样评价她的作品："表面上波澜不惊，却常常暗流汹涌，善于将宏大的时代设置与普通人的情感生活融合在一起。在她笔下，人物真实地生活在科幻的背景下，我们甚至能够感受到他的呼吸。"

《爸爸的秘密》的故事背景设置在机器人生活化应用更为普遍的未来时代，以两个孩子稍显稚气的"探秘"冒险为开端，向读者展现了未来世界科技带来的种种可能，也揭开了爸爸的秘密工作——通过脑电波操控机器人，实现土卫六的生存资源开发。故事通过塑造"忙碌的爸爸"的形象，提醒父母应该在关心孩子成长的同时，给孩子提供一个理解父母的契机，同时赞美了为人类的未来而奋战在科研一线的科学家们。

缓慢生长的生命

[美国] 迈克尔·斯万维克

　　这是空间的第二个时期。加加林①、谢泼德②、格林③和阿姆斯特朗④都已去世。现在轮到我们来创造历史了。

——《丽兹·奥布莱恩回忆录》

---

①尤里·阿列克谢耶维奇·加加林（Yuri Alekseyevich Gagarin，1934—1968），苏联宇航员、苏联英雄、苏联红军上校飞行员，是全世界第一个进入太空的人，也是第一个从太空中看到地球全貌的人。
②艾伦·谢泼德（Alan Shepard，1923—1998），美国宇航员，1961年5月5日乘坐"自由7号"宇宙飞船遨游太空，是美国第一位进入太空的宇航员。
③约翰·格林（John Glenn，1921—2016），美国宇航员，1962年2月20日乘坐美国载人飞船"友谊7号"升空，环绕地球轨道3圈，是美国第一个环绕地球飞行的太空人。
④尼尔·奥尔登·阿姆斯特朗（Neil Alden Armstrong，1930—2012），美国宇航员，1969年7月21日，他成了第一个踏上月球的宇航员，也是第一个在地球以外星体上留下脚印的人。

在土卫六地表上空90千米处，雨点开始形成。它最初是一种无限小的圆形微粒，飘浮在冷氮大气层中。类乙炔气在子核上凝聚，按分子排列，直到在亿万个分子群里变成微小的冰片。

现在可以开始旅行了。

它需要差不多一年的时间才能下降25千米，在这个高度，温度降得相当低，于是乙烯气体开始凝聚在它上面。一旦开始凝聚，它的体积便会快速增长。

它向下飘落。

在距地表40千米处，它有一段时间处于乙烯云气里。它在那里继续变大。偶尔它会与另外的冰片相撞，体积增大一倍。最后，它变得太大，无法被高空和缓的平流风承载。

它落了下来。

它一边降落，一边扫除甲烷气体，并快速膨胀，直至达到差不多两米每秒的下降速度。

在距地表27千米处，它经过一层浓厚的甲烷云层。它获得更多的甲烷，继续下落。

随着大气变厚，它的速度开始变慢，它的某些物质开始失去，挥发散失。在距地表2.5千米的地方，当它从最后一片云中出现时，它是如此快速地失去大部分重量，以至于很难指望它能落到地面上。

但是，它向着赤道附近的高原降落，在那里，高大的冰山耸入大气内500多米。在距地表2米处，它的新落速只有1

米每秒，几乎快触到地面。

突然，一个开着口的塑料收集袋被两只手举起，接住了雨点。

"接住啦！"丽兹·奥布莱恩兴奋地叫道。

她把袋子的拉链拉上，举过头顶，以便她头盔上的摄像机能够拍下袋角上的条形码。她说："一滴雨点。"然后迅速把它放进了她的收藏箱。

有时候，就是这种小东西最使人高兴。丽兹把它拿回家后，有人会用一年的时间来研究这个小东西。在她的收藏箱里，这是第64袋。她要在土卫六地表上待足够长的时间，抢先找出行星科学中具有革命意义的原始材料。这种想法使她充满了喜悦。

丽兹拽着她的收藏箱，开始穿越坚冰，路上不时溅起泥水。她拖着太空靴子，穿过从山坡上倾泻下来的甲烷溪流。

"我在雨中歌唱。"她挥舞着胳膊，"就在雨中歌唱。"

"奥布莱恩吗？"阿伦在"克莱门特号"上，听见歌声问道，"你没事吧？"

"嘟——嘀——嘟——嘀——嘀——嘟——嘟，我……又成事了。"

"别管她！"孔苏埃洛·洪酸溜溜地打趣说。

孔苏埃洛在平原上，那里的甲烷蒸发成了气体，地上盖着厚厚的、黏糊糊的托林①。她告诉他们，那就像在深及脚踝的糖浆中跋涉。"你听不出来她的科学派演技吗？"

"你这么说那就是吧。"阿伦怀疑地说。他被"钉"在了"克莱门特号"上，要随时留意探险的情况和网站的信件。那是一艘快艇似的飞船，住起来很舒适——他不用穿着装备睡觉，也不用靠循环水和能量棒生存，他猜其他人都不知道他有多讨厌那种生活。

"下一步计划是什么？"丽兹问。

"嗯——得要把大鱼机器人放出去。你那里怎么样了，洪？"

"进展很快。一两个小时后我应该就可以到达海洋了。"

"那好，现在奥布莱恩也前往着陆舱的所在位置和你会合。奥布莱恩，把气球打开，再检查装备清单。"

"没问题。"

"与此同时，我会把今天从网上收到的有声信件准备好。"

丽兹咕哝了一声，孔苏埃洛咂了咂舌。按照"火球弹道分析网"的政策，地勤人员必须参与所有的网页直播。用官方话术来说，他们很高兴与公众分享他们的经验。但有声网（丽兹暗地里认为那是文盲网）使得他们必须接触那些连键盘都不会用的人。

---

①托林（tholin）：源自古希腊语，原意为"不清澈的"，后来表示一种存在于远离母恒星的寒冷星体上的天体物质。

"提醒你们，我们是在公开的线路上，所以你们说的一切都会被听到。当然，欢迎你们随时参与。但每次的问答只有一条线路，因此如果你们弄错了线路，我们必须重新开始，一切都从头再来。"

"是，是。"孔苏埃洛嘟囔着说。

"这我们以前就做过。"丽兹提醒他。

"好。这是第一个。"

"你们好，我是'BladeNinja43'。我想知道你们希望在那里发现什么。"

"这是个绝好的问题，"阿伦撒谎道，"而答案是：我们不知道！这是一次发现之旅，我们从事的是所谓的'纯科学'研究。现在，事实一次又一次地证明了纯科学的研究可以带来极大的利益，但我们还未想到那么远。我们只是希望发现某种绝对意想不到的东西。"

"天哪，你真会说。"丽兹惊奇地说。

"我要从录音带上把这一段剪下来保存，"阿伦兴致勃勃地说，"下一个。"

"我是玛丽·史克洛德，生活在美国。我教高中英语，为了我的学生，我想知道，你们三个人在他们那样的年龄时成绩怎么样。"

阿伦开始回答："我是个优等生。高中二年级第一个学期，我的化学成绩得了B，我慌了，我觉得就像是世界末日来了。但接下来，我放弃了几项课外活动，认真学习，成绩立刻就升上来了。"

"除了法国文学，我每门功课都好。"孔苏埃洛说。

"我差一点儿就留级了！"丽兹说，"所有学科对我来说都很难。但后来我决定成为一名宇航员，从那之后，一切都变得水到渠成。我认识到，只要努力就行。看，我现在真的是一名宇航员了。"

"非常好。谢谢，朋友们。第三个问题，玛丽亚·瓦斯克兹问的。"

"土卫六上有生命吗？"

"可能没有。这里冷极了！94克氏度，相当于零下179摄氏度或零下290华氏度。然而……生命是顽强的。我们已经在南极冰层中发现了生命，还在海底火山口沸腾的液体里发现了生命，这就是为什么我们特别关注甲烷和乙烷海洋的深处。如果生命真的存在于某处，等待我们的发现，那我们就能找到它。"

"从化学的角度来看，这里的环境就像曾经的地球，而缺氧的地球大气中出现了最初的生命。"孔苏埃洛说，"另外，我们相信，这种还未有生命出现的化学环境已经在这里持续45亿年了。对于像我这样的有机化学家来说，这里就是宇宙中最好的玩具盒。但缺少热量是个问题。在地球上很快发生的化学反应在这里要用几千年的时间才会发生，在这种恶劣的条件下，很难想象怎么能出现生命。"

"也许有缓慢生长的生命，"丽兹若有所思地说，"也许是某种植物，它大概要几百万年才能成熟。单是产生一种想法可能就需要几个世纪……"

"谢谢你的说明。真是疯狂！"阿伦迅速打断她。"火球弹道分析网"的负责人皱起眉头，不赞成这种猜测。在他们看来，这像逗英雄一样显得不专业。

"下一个问题来自多伦多的丹尼。"

"嘿，兄弟，我真嫉妒你，一个人和两个漂亮姑娘待在那艘小船里。"

阿伦笑了几声："是啊，洪小姐和奥布莱恩小姐可真漂亮。但是我们非常忙，根本没时间谈别的，眼下我正顾着'克莱门特号'，她们两个在高出地球密度60%的大气层底部的土卫六地面上，还穿着带有仪器的探索装备。所以，即使我有其他的想法，我们也没办法……"

丽兹觉得乘气球是最好的移动方式。在气球上随着微风飘动，没有一点儿声音，景色还很美丽！

一开始，人们会抱怨土卫六上浓厚的橙色大雾，但渐渐地眼睛就习惯了。只要打开头盔上的视孔，就可以见到光亮耀眼的白色雪山。甲烷的溪流在高原上刻下神秘的记号。在冰线下面，白色变成了多彩的调色板，有橙色、红色和黄色。那里还有许多东西，她就算来一百次也不能完全弄清楚这一切。

平原显得平平无奇，但它们也有自己的魅力。诚然，由于大气层浓厚，折射的光线使地平线在两边向上弯曲，不过看久了也就习惯了。覆盖了托林的地面上，不知怎么形成的黑色旋涡和神秘的红色图案让人怎么都看不腻。

她在地平线那头看到了土卫六那黑暗狭长的海的一侧，如果那也可以称之为海的话。它比伊利湖①还小，但地球上的博士们说，因为土卫六的体积远比地球小，所以相对而言，可以把它看作海。丽兹有她自己的看法，但她知道什么时候该保持沉默。

现在孔苏埃洛正在那里，丽兹把她的面罩切换到直播模式。该看表演了。

"我不敢相信我终于来到了这里。"孔苏埃洛说。她让装在压缩包里的机器鱼从她肩上滑到地上，"从轨道上降落时，5千米似乎看起来不远，但足够保留一段误差距离，防止着陆器掉进海里。可是如果要步行5千米，穿过柏油似的黏糊糊的地表……哎呀，那可太艰难了。"

"孔苏埃洛，你能告诉我们那地方是什么样的吗？"阿伦问。

"我正穿过海滩。现在我到了海水边。"她跪下来，把一只手伸进去，"海水像'斯拉西'一样，黏糊糊的。你知道那种叫'斯拉西'的饮料吗？就是把半融化的刨冰放在一个杯子里，再加入糖浆。这海水几乎可以肯定是一种甲烷和

_____
①伊利湖：北美洲五大湖之一，为世界第十三大湖。

阿摩尼亚（氨气）的混合物，等我们把样品送到实验室以后就能确定。不过，有一个明显的证据：它正在溶解我手套上的托林。"她站起身来。

"你可以描述一下海滩的样子吗？"

"可以。它是白色的，颗粒状，就像冰沙一样。我可以用靴子踢动它。你想让我先收集样品，还是先把机器鱼放掉？"

"放掉机器鱼。"丽兹说。

几乎同时，阿伦说："你说了算。"

"那好。"孔苏埃洛小心地在海里清洗两只手套，然后捏住压缩包的拉链头使劲拉。塑料压缩包打开了。她笨拙地跨立在机器鱼的上边，抓住袋子两侧的提手，拖着机器鱼走进黑色的海里。

"好啦，我现在站在海里了。水位到我的脚踝。现在到了我的膝盖。我想这里够深了。"

她把机器鱼放下："现在我要把它放走了。"

三菱牌的大菱鲆扭动着，像是活的。随着一个流畅的动作，它奔腾向前，扎进海里，然后消失不见了。

丽兹把信号切换到了机器鱼身上的监视器。

黑色的液体流过大菱鲆的红外线眼睛。它径直游离海岸，只见石蜡、冰和其他悬浮颗粒物的微粒隐约出现在它前面，然后在它尾波的冲击下迅速散开。游到百米之外后，它朝海底发射了雷达波，然后潜了下去，向深处探索。

丽兹随着身上的背带轻轻摇晃，打起了哈欠。

先进的遥控机器鱼取了极少量的阿摩尼亚海水样本，送入体内一个构造精巧的小实验室，并把无用的东西排至体外。

"现在我们在20米深的地方，"孔苏埃洛说，"该采第二批水样了。"

大菱鲆上装的设备可以当场做数百次分析，但它的存储空间只能装20个要带回去的可以长时间保存的样品。第一批样本已经从水面上采得。现在它扭了扭身子，吞下了5口混浊的海水。对丽兹来说，这就是活生生的科学，虽然不那么富于戏剧性，却非常令人兴奋。

她又打了个哈欠。

"奥布莱恩？"阿伦说，"你多久没睡过觉了？"

"什么？啊……20个小时吧？不用担心我，我很好。"

"睡觉去。这是命令。"

"可是——"

"现在就去。"

幸运的是，她身上的装备相当舒适，可以穿着睡觉。在设计它时就考虑到了方便睡觉这一点。

她先把双臂从衣服袖子里抽出来，然后又收回她的腿，把腿蜷到下巴下面，用手把自己环抱成一个球。"晚安，伙计们。"她说。

"晚安，"孔苏埃洛说，"做个好梦。"

"好好睡吧，太空探险家。"

她闭上眼睛，绝对的黑暗笼罩了一切。黑暗，黑暗，黑暗。幻影般的光在黑暗中移动，变成一条条光线，但当她试图看清时，它们却又不见了。它们像鱼一样滑溜，才刚注意到，立刻一闪而逝，留下一丝极其微弱的冷光。

一些小小的念头闪过她的脑海，又很快消失不见。

某种低沉的、比声音还慢的东西在鸣响。一座水里的钟楼不疾不徐地敲响了午夜的钟声。她渐渐恢复了方向感。下面一定是陆地，虽然看不见，但她知道有鲜花在那里生长。如果有天空，上面应该就是天空，鲜花也在那里飘动。

在被淹没的城市深处，她发现自己拥有了一种强大而平静的自我意识。许多陌生的感觉冲刷着她的心灵，接着……

"你是我吗？"一个轻轻的声音问。

"不，"她小心地说，"我想我不是你。"

"你认为你不是我？"那个声音显得惊讶不已。

"是的，无论如何，我都这么认为。"

"为什么？"

对此似乎没有任何合适的回答，于是她回到对话的开头，重新再来一遍，试图得到另一种结论。但是，又一次回到了那个"为什么"。

"我不知道为什么。"她说。

"为什么不知道？"

"我不知道。"

在她睡着的时候，她不断重复做这个梦。

她醒来时，又下起了雨。这次是由纯甲烷形成的毛毛细雨，从15千米高的低云层中落下。这些云是由海上飘起的湿气中的甲烷冷凝物所形成的（理论上是如此）。它们落在山上，洗净了山上的其他物质。正是甲烷腐蚀并塑造了冰山，雕刻出山谷和洞穴。

在太阳系里，土卫六上的雨的种类比其他任何星体都多。

丽兹睡着的时候，大海慢慢地靠近了。现在它从地平线的两端涌过来，颇像一个巨大的黑色微笑。她也差不多该下降了。她一边检查她的设备，一边打开遥测器，看看其他人在做什么。

机器鱼大菱鲆仍然在快速下沉，穿过无光的海，探寻深海的地面。孔苏埃洛又在黏糊糊的地上艰难地行走，沿着原路走5千米返回到着陆器"哈里·斯塔布斯"上。而阿伦正在回复一些新的网络邮件。

"土卫六的演化模型表明，月亮是由富含氨气和甲烷的绕行星云形成的，这些云凝结后同样形成了土星和其他卫星。在这些条件下……"

"呃……伙计们……"

阿伦停了下来："见鬼，奥布莱恩，我现在得全部重来。"

"欢迎回到现实世界，"孔苏埃洛说，"你应该看一下

144

我们从机器鱼那里收到的信息——很多长链聚合物和奇怪的数值……有好多有意思的东西。"

"伙计们……"

这次阿伦注意到了她的语气:"怎么了,奥布莱恩?"

"我想我的背带卡住了。"

丽兹做梦也想不到自己会遭遇如此乏味的灾难。她先是与"火球弹道分析网"的工程师来回进行了数小时的沟通:14号绳的状况怎样?试着拉住8号绳。D形环看上去像什么?因为信息传回地球再传送回来有很长的延时,工作进展得很慢。这段时间里,阿伦坚持要继续回复有声邮件。她的困境顷刻间便传遍了全球,而地球上的每一个失业者都上网提出各种建议。

"我是'Thezgemoth337'。我觉得,如果你用一支枪射穿气球,气球可能就瘪了,那时你就可以下来了。"

"我没有枪,在气球上射出一个洞不会使它瘪下去,而是会使它爆裂。我在距地面800米的空中,下面是海,我穿着不适合游泳的宇航服。下一位。"

"如果你有一把很大的刀子……"

"切掉!天哪,格林①,这是你能想出的最好的办法吗?那些有机化学家有消息了吗?"

"他们的初步分析刚刚出来了,"阿伦说,"最有可能

---

① 格林:阿伦的姓。

的推论是——我先跳过杂七杂八的资料——你坐着气球穿过的雨并不是纯甲烷形成的。"

"胡说，福尔摩斯先生。"

"他们认为你在绳子上发现的白色的沉积物是罪魁祸首。至于它是什么，他们无法达成一致的意见，但他们认为它和你气球上的物质起了化学反应，导致舱板卡住了，打不开。"

"我以为这里很难发生化学反应。"

"确实是。但是，你身上的热量会从宇航服中散到气球里，因此气球里面的空气温度比冰的熔点高了好几摄氏度，这在土卫六上等于是一个要爆炸的炉子，里面的能量足够引起数量惊人的化学反应了。你还拉着通气孔的绳子吗？"

"我还在用力拉着。一只胳膊发酸时，我就换另一只。"

"好姑娘，我知道你有多累。"

"暂时别再回复有声邮件吧，"孔苏埃洛建议，"看一下我们从机器鱼那里得到的结果。它给我们发了一些非常有趣的东西。"

丽兹照做了。如他们所期望的，阅读那些资料让她暂时转移了注意力。采到的样本里有比他们预测的多得多的乙烷和丙烷，而甲烷却惊人地少。这个数值完全在她的意料之外。她的化学知识储备足够使她理解其中的某些数据所代表的意义，但她还无法完全理解所有数据加在一起的结果代表的是什么。她一边仍按照多伦多的工程师指示的顺序拉着绳子，一边打开溶解在湖里的碳氢化合物的分析图表。

溶质	溶质摩尔分数
乙炔	4.0×10^{-4}
丙炔	4.4×10^{-5}
1,3-丁炔	7.7×10^{-7}
二氧化碳	0.1×10^{-5}
氰化氢	5.7×10^{-6}

过了一会儿，努力工作而一无所获的沮丧，再加上在单调乏味的海上越飘越远的烦闷使她开始感到无聊。那一行行数字失去了意义，变得越来越模糊……

丙烷腈	6.0×10^{-5}
丙烯腈	9.9×10^{-6}
丙腈	5.3×10^{-6}

她在不知不觉间睡着了。

她在一栋无光的大楼里，爬了一层又一层的楼梯。还有其他人和她一起，也在爬。她往楼梯上跑的时候，他们推搡她、超过她，但是都一句话不说。

越来越冷了。

她模模糊糊记得自己在一间闷热的火炉房里。那里很热，热得人难受。她现在所处的地方凉快多了，甚至太凉了。她每上一个台阶，就变得更凉一些。她发现自己慢了下来。现在实在是太冷了，冷得让人难受。她的腿部肌肉开始疼痛。她周围的空气似乎也在变得浓稠。她现在几乎动弹不得。

她意识到，这是她离开火炉的必然结果。她爬得越高，热量就越少，能够转化为动力的能量就越少。这些她一点儿都不感到意外。

上一个台阶，停一会儿。

再上一个台阶，停的时间更长。

完全停下。

她周围的那些人也慢慢停了下来。一阵比冰还冷的风吹到她身上，她知道他们已经爬到了楼顶，正站在楼顶上。外面和里面一样黑。她往上看了看，什么都没看见。

"地平线。实在令人困惑。"她身旁的一个人低声说。

"你一旦习惯，就不会这么认为了。"她回答。

"上上下下——这些表示等级吗？"

"并不一定。"

"运动。多么令人兴奋的概念。"

"我们喜欢它。"

"所以你就是我？"

"不。我的意思是，我不这么认为。"

"为什么？"

她极力想找到一个答案，这时有人在她旁边倒抽了一口气。在没有星光、一片黑暗的天空中，一道亮光绽放在高处。她周围的那群人带着不可名状的恐惧窃窃私语。那道光更亮了，越来越亮。她能感到它散发出的热量，轻微而明确，就像太阳在远处喃喃低语。她周围的每个人都吓得目瞪口呆。比亮光更可怕的，是这热量。这是不可能的，但事实就是如此。

她和其他人一起等待并观察着……某种东西，她说不出是什么。那道光在天空中慢慢地移动。它很小，很强烈，也很难看。

接着，光发出了尖叫。

她醒了。

"啊！"她说，"我刚刚做了一个非常荒诞的梦。"

"是吗？"阿伦漫不经心地说。

"是的。天上有一道亮光，像一枚爆炸的核弹。我的意思是，虽然它看上去一点儿也不像核弹，却像核弹那样令人害怕。人人都盯着它看，我们动弹不得。接下来……"她摇摇头，"我忘了，对不起。这个梦太奇怪了，我无法用语言描绘。"

"没关系，"孔苏埃洛欢快地说，"我们从地表下面得到了一些重要的资料。断裂的聚合物，长链碳氢化合物……绝好的资料。你真的应该醒着，看看这些东西。"

现在她完全清醒了，但对此她并不感到特别高兴："我猜那意味着谁都没有想出什么好主意帮我离开气球。"

"为什么这么说？"

"因为如果你们想到了，你们就不会这么兴高采烈了，是不是？"

"某人在生起床气，"阿伦说，"请记着，有些话我们在公共场合是不能说的。"

"对不起，"孔苏埃洛说，"我只是想……"

"分散我的注意力。好吧，随便吧，我会合作的。"丽兹振作起来，"这么说，你的发现意味着什么？生命？"

"我一直告诉你们，现在做出这种判断还为时过早。我们迄今所得到的只是一些非常有意思的资料。"

"告诉她那个重大新闻。"阿伦说。

"打起精神来。我们找到了一片真正的海洋！不是我们之前称作海的这个长只有300千米、宽只有80千米的闪亮的湖，而是真正的海洋！声呐数据表明，我们看到的只是30千米厚的冰盖顶上的一个蒸发皿。真正的海洋在下面，有200千米深。"

"天哪。"丽兹来了精神，"我想说，太令人惊讶了。有没有办法把机器鱼弄进去？"

"你以为我们是如何得到这个深度的数据的？现在它已经钻下去了。在海的中心的冰盖上有一个裂口，在裂口的正下方，猜猜有什么？有火山口！"

丽兹咧着嘴笑了："关于潮汐的数据呢？我以为如果不存在有规律的潮汐扰动，它就不会被归类为海洋。"

"这个嘛，多伦多认为……"

起初，丽兹还能跟上多伦多天体地质学家的推理，但推理变得越来越晦涩，然后变成了一种背景音。她慢慢睡去时，她恼怒地意识到她真的不该这么睡过去，她不该这么累，她……

她发现自己又回到了水下城市里。她仍然什么都看不见，但她知道那是座城市，因为她听到了暴徒打破商店橱窗的声音。他们的声音渐大，变成了号叫，随后又变成了愤怒的嘟囔，像是一股激流，穿过了街道。她悄悄地往后退。

有人对着她的耳朵说话。

"你为什么对我们这样做？"

"我没有对你们做什么呀。"

"你给我们带来了知识。"

"什么知识？"

"你说你不是我们。"

"对呀，我确实不是。"

"你真不该告诉我们这些。"

"你想让我说谎吗？"

充满恐惧的困惑。

"谎言。多么可悲的想法。"

碎裂的声音越来越大。有人在用斧子劈门。爆破，打破玻璃。她听到粗野的大笑声和刺耳的尖叫声。

"我们得离开这里。"

"你为什么派信使来？"

"什么信使？"

"星星！星星！星星！"

"哪颗星星？"

"有两颗星星？"

"有亿万颗星星。"

"别再说了！求你啦！停下来！别再说了！"

她醒了。

"喂，你好，我知道那位年轻女士的处境极其危险，但我真的觉得她不应该随便骂人。"

"格林，"丽兹说，"我们真的得忍受这些吗？"

"嗯，考虑到公共部门花了数十亿美元把我们送到这里……是的。是的，我们必须忍受。我相信那几个候补的宇航员会说，与获得参加航行的机会相比，网上那些嘲讽的话算不了什么。"

"哼，恶心。"

"我要切到私人频道了。"阿伦平静地说。

背景的光线发生了微妙的变化。当她努力集中注意力观察时，那种微弱的、颗粒状的闪光逐渐消失了。

阿伦用一种压抑的愤怒语气说道："奥布莱恩，你究竟在干什么？"

"噢，对不起，我道歉，我有点儿激动。我睡了多久？孔苏埃洛在哪里？我想说脏话。这里有生命存在！智慧生命！"

"你睡了好几个小时。孔苏埃洛在睡觉。奥布莱恩，我不得不说，你说的听起来像疯话。"

"我有非常合理的解释。好吧，听起来可能有点儿奇怪，你可能会觉得不太合理，但……我一直在做连续性的梦。我认为它们有很重要的含义。让我细细说给你听。"

她详细地把梦说给他听了。

她讲完之后，他们沉默了很长一段时间。最后，阿伦说："丽兹，想想看，为什么那种东西会在你的梦里出现？那合理吗？"

"我想这是它们唯一能够让我们看见的方法。我觉得那是它们彼此交流的方式。它们不会动——运动对它们来说是个既陌生又令人兴奋的概念，它们没有意识到它们的每个组成部分都是独特的。它们像是在向我传达某种信息，比如某种无线网络在传播信息。"

"你记得你的装备里有个医疗包吗？你打开它，找找那个编号为27的瓶子，好吗？"

"阿伦，我不需要精神安定剂！"

"我不是说你需要它。但如果你知道你体内有它，你不是会更开心点儿吗？"这是阿伦最圆滑的说话方式了，"你不觉得那会有助于让我们接受你的说法吗？"

"好吧！"她从宇航服里抽出一只胳膊，摸索着找到那个药瓶，然后拿出一片药，依照上面的指示去做。她确认了四五遍编号（每一片药都有单独的编号），才把药片吃下去。

"现在你愿意听我说了吗？我是非常认真的。"她打了个哈欠，"我真的认为……"她又打了个哈欠，"那……"

"别胡说八道了。"

我又一次处于裂缝之中了，亲爱的朋友们，她想着，随后深深地扎入了黑暗之海。但是，这一次，她觉得自己可以掌控它。城市被淹没了，因为它在无光的海洋底部。它是活的，它依靠火山的热能而生。那就是为什么它有上和下的阶级。上面更冷、更缓慢、更无生气，下面更热、更快、更充满思想。这个城市（实体）是一种集体生命形式，像僧帽水母群或庞大的专家网络。它通过某种电磁波进行自身内部的交流，可称作精神无线电。它也采用了同样的方式与她交流。

"我想我现在理解你了。"

"别理解了，快跑！"

有个人不耐烦地抓住她的胳膊，拽着她匆匆离开。她越跑越快，什么都看不见，仿佛于午夜时分在地下一个100多千米的无灯地道里奔跑。玻璃在脚下嘎吱作响，地面凹凸不平，她跌跌撞撞地跑着。她一跌倒，看不见的伙伴就会把她拉起来。

"你为什么这么慢？"

"我不知道我很慢。"

"相信我，你的确很慢。"

"我们为什么要跑呢？"

"我们正被人追赶。"他们突然转弯，拐进一条小道，磕磕绊绊地跑在碎石路面上。警报器尖啸，一切都在崩塌，暴徒奔涌。

"喂，你肯定知道怎么运动。"

那家伙不耐烦地说："它只是个隐喻。你不会认为这是一座真正的城市吧？为什么你这么迟钝？为什么你这么难以交流？为什么你这么慢？"

"我不知道我慢。"

"相信我，你的确很慢。"太讽刺了。

"我能怎么办呢？"

"跑！"

欢呼声和大笑声响起。起初，丽兹以为那是她梦中疯狂的毁灭的响声，随后她辨认出那是阿伦和孔苏埃洛的声音。

"我睡了多久？"她问道。

"你睡着了？"

"不到一分钟，"阿伦说，"这不重要。你快看看机器鱼传给我们的图像。"

孔苏埃洛把图像发给了丽兹。

丽兹倒吸一口气，说："啊！我的天！"

它非常美丽，像欧洲的大教堂一样雄伟，但又像是一个活的有机体。它的建筑物高大而细长，有凹槽和扶垛，令人深受震撼。它的位置在火山口附近，靠近底部的位置有一些开口，可以让海水流入，随着上升的热气向上移动。偶尔有通道向外延伸，然后又折回到主体。它巍然屹立，比看上去还要高得多（当然，它位于水下，处于一个低引力的世界），一些复杂的、分层的管子集中在一起，颇像教堂里竖风琴的管子，或深海里缠绕在一起的可爱蠕虫。

它设计得非常高雅，像是活的有机体一般。

"很好，"丽兹说，"孔苏埃洛，你必须承认……"

"我最多承认它是一个'前生化复合体'，除此之外的东西必须等待更多确凿的资料作证。"虽然孔苏埃洛说话非常谨慎，但她清脆的声音里充满了胜利的喜悦。她的语气比她的话更清楚地表明，作为一个外星化学家，此时此刻，她即便死去也没有遗憾了。

阿伦同样很兴奋，他说："看看我们强化这图像后会发生什么。"

建筑物从灰色变成了柔和的彩虹色，鲜红色变成橘红色，金黄色变成冰蓝色，画面令人激动得喘不过气来。

"哇。"有那么一瞬间，她甚至觉得连自己的生死也无关紧要了。

这么想着时，她再次睡着了。她降落在黑暗之中，降落在她内心的喧闹之中。

眼前仿佛是地狱。城市不见了，取而代之的是喧闹声：敲打声、哗啦声、突然的撞击声。她开始往前走，进入一根直立的钢管。她摇摇晃晃地退回来，又进入另一根管子。附近某处的一台马达开始转动，巨大的齿轮咬合着并发出噪音，像是碾碎金属的那种尖叫。脚下的地在晃动。丽兹认为最明智的选择就是站在原地不动。

一个熟悉的幽灵出现了，弥漫着绝望的气息："你为什么对我这么做？"

"我做了什么？"

"我曾经是一切。"

附近的什么东西像打桩机一样发出砰砰的撞击声。这使她觉得头疼。她必须大声呼喊，冲破嘈杂声，让黑暗之中的幽灵听到："你仍然是一切！"

沉静。"我什么都不是。"

"那……不是真的！你在……这里！你存在！那就是……一切！"

一个充满悲哀的世界。"虚假的安慰。毫无意义。"

她又醒了过来。

孔苏埃洛在说话："……不会高兴。"

"地球上所有精神治疗方面的专业人员都认为，对她而言，这是最好的办法。"

"不是吧！"

阿伦是丽兹所认识的人当中最神经质的，而孔苏埃洛绝对是最迟钝的。如果连他们俩都能吵成这样，那就代表事情严重了。

"哎……伙计们？"丽兹说，"我醒了。"

一阵短暂的沉默，就像她小时候撞见父母吵架时的那种沉默。接着，孔苏埃洛有点儿过于高兴，说："嘿，你回来了，太好了。"

阿伦说："'火球弹道分析网'想让你和一个人谈谈。等等，我有她第一次发送的信件的录音，马上放给你听。"

线上传来一个女人的声音："我是阿尔玛·罗森布拉姆博士。丽兹，我想和你谈谈你现在的感觉。我知道，由于地球和土卫六之间的时差，刚开始沟通会有点儿不便，但我相信我们两人的谈话一定能够顺利进行。"

"发什么疯呀？"丽兹愤怒地说，"这个女人是谁？"

"'火球弹道分析网'认为这对你有帮助，如果你——"

"她是个帮人疏导悲伤的心理咨询师，是不是？"

"准确地说，她是个心理障碍治疗专家。"

"急什么呀？你们该不会放弃我了吧？"

"呃……"

"你睡了好几个小时，"孔苏埃洛说，"你睡着时，我们做了一些天气模拟实验。也许我们该和你分享一下。"

她把信息发送到丽兹的宇航服上，信息立刻显示在丽兹的面罩上。一个初步的模拟图展示出了她下方的那个蒸发湖，并标示了液体的温度。湖水只比上面的空气温暖几摄氏度，但这已足以使湖的中心产生巨大的上升气流。一些蓝色小箭头标明了局部微小气流的流向，它们聚合起来，形成一道螺旋上升的气旋。它在达到距地表2000米高度后开始散开，并向西逸散。

在湖面上方800米的地方，有一盏闪光的小灯，那代表了她。小小的红箭头表示她飘浮的方向。

从这个模拟图来看，她可能会永远在湖的上空不停地转圈。气球装备无法带她飞得更高，让风把她吹回陆地上。她的宇航服也不能使她在空中飘浮。即使她能成功地使自己软着陆，一旦落到湖面上，她就会像石头一样沉下去。她不会被淹死，但她也到不了岸边。

这就是说，她会死的。

止不住的眼泪模糊了丽兹的眼睛，她努力眨眼，想把眼泪挤回去。她对这丢人的泪水感到愤怒，同时也对自己愚蠢的死法感到愤怒："别让我这么死呀！别让我因为自己的无能而死，发发慈悲吧！"

"没人说你无能。"阿伦安慰她。

就在那一刻，地球上的阿尔玛·罗森布拉姆博士发来了第二封邮件："是的，丽兹，我是个帮人疏导悲伤的心理咨询师。你正面临你一生的——"

"请切到私人频道！"丽兹深深地呼吸了几次，使自己平静下来，然后她理智地说，"阿伦，我是个天主教徒，如果我快要死了，我不需要一个心理咨询师，我需要一个牧师。"

突然，她又打了两个哈欠，说："一个牧师，懂吗？他上线了再把我叫醒。"

然后，她又一次回到意识深处，站在那片曾经有座水下城市存在的空地上。虽然她什么都看不见，但她确信自己站在一片广阔的、单调的平原的中心。这平原太大了，她觉得她可以永远走下去，永远到达不了边界。她感到自己正处于暴风雨后的宁静之中，也可能这只是一次暂时的停顿。

巨大的、令人紧张的沉默笼罩着她。

"有人吗？"她说。这话没有得到任何回应，只有无尽的沉默。

终于，那个柔和的声音说："你看起来不一样了。"

"我要死了，"丽兹说，"知道了这一点，会改变一个人。"地面上覆盖着软软的灰，仿佛是一场大火留下的。她不想去考虑烧掉的是什么，一股气味钻进了她的鼻孔。

"死。我们懂得这个概念。"

"是吗？"

"我们早就懂得这个概念了。"

"真的？"

"自从你把它带给我们。"

"我？"

"你把独特性这个概念带给了我们。它们是同一回事。"

她开始意识到了一些事情："文化冲击！问题的根源就

是文化冲击，对吗？你不知道其他有知觉的生命的存在。你不知道你生活的地方是一个有亿万个星系的宇宙中的一个小世界的海洋的底部。我带给你太多的信息，你不可能一口吞下去，现在它们让你感到窒息。"

那个声音非常悲哀地说："窒息。多么荒谬的概念。"

"醒醒，丽兹！"

她醒了过来。

"我想我有点儿头绪了。"她说。然后她放声笑了。

"奥布莱恩，"阿伦小心地说，"你为什么笑？"

"因为我是在说梦话吧。我在这里停滞不前，只是在十分缓慢地转圈子。我只剩下最后——"她查看了一下，"最后20个小时的氧气了。没有人会来救我。我就要死了。尽管如此，我在这里的发现取得了巨大的进展。"

"奥布莱恩，你……"

"我没事，阿伦，只是有点儿疲惫。也许是因为太过于感情用事了。但在这种情况下，我觉得我不算过分，你认为呢？"

"丽兹，我们找到牧师了，他的名字叫拉法里尔。是蒙特利尔大主教安排他与我们连线的。"

"蒙特利尔？为什么是蒙特利尔？不，不用解释，又是'火球弹道分析网'的手段，对不对？"

"其实，我的姐夫是一个天主教徒，我问过他哪个牧师好。”

她沉默了片刻："对不起，阿伦。我不知道我这是怎么了。"

"你一直在承受巨大的压力。听听他的录音吧。"

"你好，奥布莱恩小姐，我是拉法里尔牧师。我已经和这里的官员谈过，他们答应你我可以秘密交谈，他们不会记录谈话的内容。所以，如果你现在想忏悔，我已经准备好了。"

丽兹查看了一下频道，切换到了一个她希望是真正私人的频道。以防万一，最好不要把那些尴尬的事情说出来。她可以按照类别来忏悔自己的罪过。

"原谅我，牧师，我有罪。距我上次忏悔，已经过去两个月了。我快要死了，也许我的头脑并不完全清醒，但我想我正在与一种外星智慧生物进行交流。如果我视而不见，我觉得这是一种严重的罪过。"她停顿了一下，"我的意思是，我不知道这是不是罪过，但我肯定这样做是错的。"她又停顿了一下，"我一直为自身的愤怒、骄傲、嫉妒心和欲望而内疚。我把关于死亡的知识带给了一个无辜的世界。我……"一阵困意涌来，她匆匆地说，"对于我所有这些罪过，我由衷地感到非常遗憾，因此我请求得到上帝的宽恕、赦免和……"

"和什么？"又是那个柔和的声音。她再次处于那个奇怪而黑暗的精神空间之中，睡着了却有知觉，具有理性但又接受一切荒诞的东西，不论多么荒诞。没有城市，没有高楼，没有灰烬，也没有平原。什么都没有，只有否定之否定。

由于她没有回答问题，那个声音又问："这与你的死有关吗？"

"是。"

"我也要死了。"

"什么？"

"我们的一部分已经消亡，其余的正在消亡。我们觉得我们是一个整体，但你证明了我们不是。我们觉得我们就是一切，但你向我们展示了宇宙。"

"所以你真的快要死了？"

"是。"

"为什么？"

"为什么不？"

人生中第一次，丽兹迅速而坚定地思考着。她说："我给你看样东西。"

"为什么？"

"为什么不？"

一阵短暂的沉默。紧接着那个声音说："好。"

丽兹用尽她所有的脑力，回想她最初在机器鱼摄像机上看到城市（实体）的那一刻。它雄伟高耸，硕大雅致，其色彩就像冰河上的曙光，微妙、深邃、魅力无穷。她回忆起自己那一刻的情感和其他深刻的印象：看见刚出生的弟弟；大口呼吸着寒冷的空气，磕磕绊绊地爬上人生中第一座山的最高峰；目睹日落时分泰姬陵的奇观；从低处的轨道上观看地球边缘处那多层次的大气……她把自己所想到的一切都加入了这个意象之中。

"这就是你的样子，"她说，"如果你消失了，我们将失去这一切。"

那个柔和的声音说："哦。"

她又回到了她的宇航服中。她闻到了自己的汗味，非常刺鼻。她可以感觉到自己身体上背带拉着的地方在隐隐作痛，她的双脚——悬垂着的双脚，已充血发肿。一切都是那么清晰，绝对真实。此前发生的一切像是一场噩梦。

"我是'DogsofSETI'。你们在我们的太阳系里发现了其他智慧生命，这是多么美妙的发现呀！可是政府为什么要掩盖这件事？"

"呃……"

"我是约瑟夫·德弗里斯。必须立刻摧毁这个外星怪物。我们承担任何与他为敌的风险。"

"我是'StudPudgie07'。这种'欲望'的背后隐藏着什么肮脏的东西？你们如果够聪明就该知道！如果奥布莱恩不想披露细节，那她为什么一开始要提出这件事？"

"你好，我是佩德罗·多明格斯。作为一名律师，我认为这么做太可耻了！'火球弹道分析网'为什么对我们隐瞒了这些信息？"

"阿伦!"丽兹喊道,"这是干什么呀?"

"黑客,"阿伦说,他听上去感到既抱歉又烦躁,"他们侵入了私人频道,听到了你的忏悔,显然你说了什么……"

"对不起,丽兹,"孔苏埃洛说,"我们真的觉得对不起你。蒙特利尔大主教简直气疯了,他们正在考虑采取法律行动。希望这能让你感到些许的安慰。"

"法律行动?我根本不在乎……"她停了下来。

她的一只手违背了她的意志,伸到她的头顶上,抓住了10号绳子。

别那样做,她想。

她的另一只手伸到边上,拉紧9号绳子。这也不是她的大脑发出的指令。她试图把手收回来,但它拒不服从。然后,第一只手——她的右手——往上伸了几厘米,死死地抓住绳子。她的左手顺着绳子向上爬了整整15厘米。一寸一寸地,在左右手轮流交替的动作下,她向上方的气球爬去。

我发疯了,她想。她的右手现在紧紧地抓住开闭的舱板,左手紧紧地抓住8号绳子。她无须用力地挂在上面,双脚往上摇摆。她的膝盖抵住胸口,大力地一蹬。

"不!"

舱板断了,她开始下落。

一个几乎听不见的声音说:"别害怕。我们要带你下去。"

她惊恐万分,慌张地抓住9号绳子和4号绳子,但它们完全使不上力,毫无用处,她还在以同样的速度下落。

"沉住气。"那个声音又说。

"我不想死，真的！"

"你不会死。"那个声音安慰道。

她无助地向下掉落。那是一种可怕的感觉，像是在无止境地坠入深渊，只是由于有绳子和拖在后面的气球，才使得下落的速度有所减缓。她像海星一样伸展四肢，感到空气的阻力使她下落的速度进一步放缓。大海以令人震惊的速度向她涌来，她仿佛将永远沉落下去。但下落突然就停止了。

不是出于她自己的意志，丽兹踢开了气球，摆脱了背带的束缚。她并拢双脚，伸直脚尖，使自己的身体与土卫六的地表保持垂直。她冲向海面，溅起一朵朵水花。她几乎喘不过气来，体内突然开始灼热疼痛，她猜自己可能断了几根肋骨。

"你教给了我们这么多东西，"那个柔和的声音说，"你给我们的实在太多了。"

"帮帮我！"她周围的海水一片黑暗，光在渐渐消失。

"多元性，运动，谎言……你使我们看到了一个无限大的宇宙，比我们所知的宇宙不知大了多少。"

"救救我，我们就扯平了。怎么样？"

"非常感激。这是一个很重要的概念。"

"好吧……谢谢。"

突然，她看见大菱鲆朝她游来，掀起一片银色的水泡。她张开双臂，机器鱼游了进来。她使劲用手指抓住它的把手，也就是孔苏埃洛把它扔到海里时抓着的那个地方。它猛地一抽动，非常有力，一刹那，她觉得自己的胳膊要脱臼了。机器鱼上下奔腾，她只能紧紧地抓着它。

"哦，天哪！"她忍不住叫道。

"我们想把你带到岸上，但这并不容易。"

为了宝贵的生命，丽兹坚持着。最初她觉得自己肯定坚持不了，但是后来她把身体向前倾斜，几乎骑在了快速前进的机器鱼身上，又恢复了信心。她能做到。那次她患了感冒，不还在双杠和鞍马的体操决赛中获得了高分吗？这不算最困难的。她只需要勇气和决心，她只需镇定下来。

"听着，"她说，"如果你们真的感激……"

"我们在听。"

"我给了你们所有那些新的概念。一定有一些你们知道而我们不知道的东西。"

一阵短暂的沉默，可想而知有多少想法飞逝而过。"我们的某些概念可能使你们觉得混乱。"柔和的声音停顿了一下，"但从长远来看，知道这些对你们来说更好。创伤会愈合。你们会重建。你们自我毁灭的可能性还在可以接受的范围之内。"

"自我毁灭？"丽兹惊得忘记了呼吸。城市（实体）用了好几个小时才接受了她加给它的概念。人类的思想和生活节奏都比它要慢得多。把它的时间转换成人类的时间，这几个小时是多长？几个月？几年？几个世纪？它谈到了创伤和重建。这听起来实在不妙。

这时，机器鱼加速了，速度变得非常快，丽兹差一点儿被它甩下。黑暗的海水在她周围掀起漩涡，看不见的冰冻物质颗粒弹到了她的头盔上。她疯狂地笑起来。她突然觉得好到不能更好！

"放马过来吧，"她说，"我要把你告诉我的一切都带回去。"

这将是一次非常棒的航行。

（王逢振　译）

关于作者和作品

《缓慢生长的生命》于2003年获得第四十九届雨果奖最佳中篇小说奖，入选《美国年度最佳科幻小说集2003》《美国最佳科幻小说年度选·第20辑》。作者迈克尔·斯万维克（Michael Swanwick）是美国当代著名科幻小说作家，他的诸多中短篇小说曾获国际幻想文学界的顶级奖项：《世界边缘》获得西奥多·斯特金奖，《无线电波》获得世界奇幻奖，《潮汐站》和《狗说汪汪》获得星云奖，《机器的脉搏》《恐龙协奏曲》《时空军团》等获得雨果奖。

故事发生在遥远的未来。丽兹、阿伦、孔苏埃洛三名宇航员奉命登上土星最大的卫星土卫六进行探险，并开展科学实验。在此过程中，不可预知的事件导致丽兹在这里发现了"生命"，然而她却不断陷入梦境：土卫六的一座海底城市浮现在她的梦里……怪诞的场面、离奇的经历、荒谬的感受，那里处处充满着诡异的气息。其间，一个柔和的、幽灵般的声音不时响起，与丽兹的潜意识进行着交流，像是一种存在形式完全不同于人类的智慧生命。设备受损，身处恶劣环境，丽兹的生命危在旦夕，她备受折磨和煎熬。更可悲的是，其他人都不相信她的话，视她为疯子……

　　这是迈克尔·斯万维克的一篇硬科幻小说。他将未来科技、即时通信、宇宙奇观、大规模太空探险、外星智慧生命等主题融合在一起，描绘了人类的好奇心、探索欲、想象力、面对未知世界的困惑，以及复杂的人性。

恐龙世界历险记

杨鹏

一、湖中水怪

"你们知道吗？奥林匹克森林公园的湖里有水怪！"一天早晨，早自习的时候，苏美眉神秘兮兮地对同学们说道。苏美眉外号叫"小喇叭"，最喜欢传播一些小道消息。

张小开心里一震，却装出一副满不在乎的样子，说道："什么水怪啊？捕风捉影的事别乱说！"

"我也听说了，这几天晚上，都有人在森林公园的天鹅湖边听见了大型动物的怪叫声！"一旁的白雪插话道，"听人描述，很像某种动物通过鼻腔共鸣发出的声音。我在书上看过，恐龙好像就是这么发声的。"

张小开断然否定："不对，只有部分恐龙是这样的。恐龙是爬行动物，爬行动物没有声带，不会发声！"

"你说的没错！"白雪点了点头，有些诧异地看了张小开一眼，她没想到张小开对恐龙的知识竟然如此了解，"科学家通过研究化石，发现它们头顶的巨型头冠内有蜿蜒曲折的鼻腔结构，可以发出可怕而低沉的吼叫声。"

"不，不可能，绝对不是恐龙！恐龙早就灭绝了！"张小开忽然激动地嚷嚷起来，把白雪和大家都吓了一跳。

"我只是推测，也没有说一定是恐龙啊。"白雪连忙解释道。

一旁的杨歌虽然没有说话，但是，他看到张小开的反应，暗暗为好朋友担心，心想：小开怎么啦？为什么变得这么容易激动？从卧龙山回来后，他就一直怪怪的。到底是怎么回事呢？

放学后，张小开也不等杨歌和白雪，像一阵风似的离开了教室。

"小开最近是怎么啦？他为什么不和我们一起回家了？"白雪不解地问杨歌。从小学一年级开始，他们三人放学后都是一起回家的，风雨无阻，形影不离，因此，同学们都称他们为"校园三剑客"。

杨歌点了点头，说道："是啊，他向来视电脑如命，可最近很少上网打游戏，反而钻进图书馆研究起恐龙来了。真不知道是为什么！"

为了弄清真相，杨歌和白雪决定跟踪张小开。他们俩拎起书包，匆匆忙忙地追向张小开。他们冲出校门时，发现张小开没有往家的方向走，而是朝相反的方向去了。

为了不让张小开发现，杨歌和白雪一路上躲躲闪闪，尾随着张小开。大概二十几分钟后，张小开来到了奥林匹克公园门口，快步走了进去。杨歌和白雪面面相觑，他们心里都在想：张小开到公园里干什么？难道他要去找什么水怪不成？

张小开来到一片小树林。这时，天刚擦黑，树林里光线昏暗，杨歌和白雪蹑手蹑脚地跟了过去。

只见张小开将两根手指放进嘴里，吹了声长长的口哨。

"哗啦啦——"

突然，一个蛇形脑袋从水里钻了出来，之后是长长的脖子，以及光溜溜的、小船似的身子。

哎呀，真的有恐龙！白雪大吃一惊，差点儿叫出声来。

张小开没有发现他们，他的注意力全集中在小恐龙身上。恐龙低下头，张小开就抱着它的脑袋呜呜地哭了起来，一边哭一边说："小腕龙，你很快要被人发现了，我不知道该怎么办，对不起……呜呜呜……"

杨歌和白雪连忙跑了过去。

"张小开，这到底是怎么回事儿？这只恐龙是从哪里来的？它怎么跟你那么亲密？"

白雪连珠炮似的发问。

张小开见无法再隐瞒，只好把事情的经过告诉了两个好朋友。

三个月前，因为听说有科学家在鹭岛市的卧龙山发现了侏罗纪时代的古生物化石，白雪邀请张小开和杨歌一起去卧龙山考古。他们乘长途公交车到卧龙山后，就兵分三路，分别去寻找化石。张小开一开始什么都没有找到，正怏怏不乐，突然，远处一道耀眼的红光引起了他的注意。红光一闪而灭，却有野兔、社鼠、岩松鼠一类的小动物从那个方向仓皇奔出。张小开跑到近前一看，只见地上有一个一尺多深的大坑，坑内有一枚巨大的蛋，和篮球一样大，表面泛着红光。等红光渐渐散去，那白生生的蛋就安安静静地卧在坑里。发现巨蛋后，张小开本来想马上告诉杨歌和白雪，但是他转念一想，杨歌和白雪知道后，　定会把这枚蛋交给秦关博士，然后这枚蛋就归公了。张小开不想让他发现的宝贝就这么轻易变成"公共财产"，就向两人隐瞒了此事。

　　回到家后，巨蛋碎裂了，一只可爱的小恐龙从里面钻了出来。它有着长脖子、小脑袋和一条短粗的尾巴，站着的时候前腿比后腿长，整个身体向后倾斜。这些特征和张小开玩的恐龙游戏中的腕龙很吻合，于是他认定这是一只腕龙。

　　张小开瞒着所有人养起了恐龙。他先是把小腕龙养在脸盆里，每天放学的时候，用自己的零花钱买一包青菜回来喂它。小腕龙在他的悉心照料下长得很快，不久之后，脸盆装不下它了，张小开不得不把它养在浴缸里。又过了一段时间，小腕龙长得像小牛犊一样大，浴缸也盛不下它了！并且，它的食量剧增，张小开的零钱已经快不够给它买蔬菜水果吃了。张小开从网上查资料，知道腕龙是素食恐龙中的"巨无霸"。成年腕龙每天的食量大约是一头大象的十倍，光肩膀就有六米多高，体重可达一千五百千克。张小开的家虽然是别墅，比别人家面积大，但显然不是小腕龙的久留之地。张小开不得不给小腕龙找了个新家——奥林匹克森林公园的天鹅湖。

张小开每天都思念着小腕龙。今天早晨，他听苏美眉说有人听到了小腕龙的叫声后，一整天都在担心小腕龙。他一放学就到这里来了，没想到让杨歌和白雪两个好朋友逮了个正着！

"好啊，连好朋友都信不过，你真不够意思！"听完张小开的话，白雪责怪道。其实，她心里对张小开既嫉妒又生气——观察腕龙成长这样的事情，白雪这样的生物迷自然是做梦都想做的，可因为张小开的隐瞒，她却错过了，你说她怎么能不生气？

二、神秘黑衣人

"先别怪我了……腕龙可能生病了，它身上的温度很高，好像在发烧！"张小开担心地说。

"是啊，当务之急是给恐龙治病。"杨歌也很着急。

"那该怎么办呢？"张小开说话时眼泪都要掉下来了。

"我们还是去找秦关博士想办法吧。"看着张小开六神无主、伤心欲绝的样子，白雪的气消了，建议道。

"那咱们快走吧！"张小开迫不及待地说道。

"校园三剑客"来到秦关博士家中，把小腕龙的事情告诉了他。秦关博士虽然只有30多岁，却是中国科学院最年轻的院士，也是"校园三剑客"的忘年交。之前，他听说过森林公园的"水怪"传闻，本以为只是一个玩笑，没想到真的有恐龙，他吃惊不小。

"我估计，小开捡到的恐龙蛋，是因为'时间滑动'从侏罗纪'滑'到现在来的……"秦关博士沉思道。

"时间滑动？"杨歌好奇地问，"什么意思？"

"时间有时会由于某种原因，从过去滑动到现在，恐龙蛋可能就是因为'时间滑动'而来到我们这个世界的。20世纪70年代，美国一位名叫爱德华·洛伦兹的气象学家提出，亚马孙丛林中一只蝴蝶翩翩起舞，可能会令美国得克萨斯州掀起一场龙卷风。这就是著名的'蝴蝶效应'。根据蝴蝶效应，前面的历史发生任何微小变动，都会对后面的历史产生影响。为了不对现在的历史产生影响，我们必须想办法把小腕龙送回到侏罗纪时代去。"

"什么？把它送回去！"一听这话，张小开就沉不住气了。他心想：哼，我辛辛苦苦才养大的宝贝，怎么能说送走就送走呢？

"就算不把它送走，等小腕龙长大了，就会有许多的记者、专家以及居心叵测的人来骚扰它。小开，这难道是你愿意看到的情形吗？"杨歌分析道。他了解张小开，如果不这样说，张小开是不会甘心的。

"小开，把小腕龙送回它的家吧！只有那样，它才不会孤单。"白雪温和地说。

看着大家关切的眼神，张小开无奈地点了点头。

秦关博士和"校园三剑客"来到了森林公园。四人穿过茂密的小树林，向天鹅湖走去。

月色撩人，幽静的湖水在月光的照射下泛着银色的光辉。景色很美，张小开却怎么也高兴不起来。他垂头丧气地走着，时不时地长叹一声。想到小腕龙即将离开自己，他心里有说不出的难过。

"呜呜——"

像小螺号的声音传来，张小开的耳朵顿时竖起，心一下子提到了嗓子眼——是小腕龙在叫，那声音充满了恐惧！

"不好，小腕龙一定遇到危险了，我们快赶过去！"张小开急得撒腿就往湖边奔去。

白雪他们也连忙跟上。

跑到湖边时，张小开看见五个穿黑色紧身衣、戴着面罩的家伙，他们的腰间都佩戴着武器。此时，小腕龙的脖子被他们用绳索套上了，他们正使劲拉着绳子，将小腕龙往岸上拉。这些黑衣人想要偷猎小腕龙，难怪它会叫得那样凄惨呢！

“放开它！不许伤害小腕龙！”张小开二话不说，冲了过去。

“走开！”一个黑衣人推了张小开一把。张小开一不留神，被那人用力一推，竟然失去了平衡，倒在了地上。

“霹雳闪电！”杨歌这时也赶到了，他冲到黑衣人面前，双手合十，大声喊道。杨歌曾因一个偶然的机会进入过时间隧道，受时间隧道辐射的影响，获得了多种超能力。此时，一道耀眼的闪电从他掌中飞出，击中缚住小腕龙的绳索。绳子立刻断了，小腕龙解放了。不过，它没有没入水中，而是迈着四肢，爬到岸上，朝张小开跑去。

“小腕龙，你没事吧？”张小开也从地上爬了起来，跑向了小腕龙。

“把恐龙留下！”为首的黑衣人恶狠狠地说，“我劝你们不要敬酒不吃吃罚酒，快滚开！”

其他黑衣人把枪对准了“校园三剑客”和秦关博士。

四人全手无寸铁。杨歌虽然有超能力，但是没办法同时救下所有人和小腕龙。

就在大家都束手无策时，突然，天上传来“嗡嗡嗡”的机械声，一束奇异的金光扫了过来，仿佛探照灯。

四人抬头一看，天空中出现了一艘巨大的、金光闪闪的飞碟。金色的光束，就是从上面照射下来的，它仿佛正在大地上搜索着什么。

五个黑衣人也看见了飞碟。为首的那人破口大骂：“讨厌，他们又来了！撤！"

随后，他们逃命似的向树林里跑去。

过了一会儿，一艘直径约为十米、形如圆形盾牌的飞碟从树林里升起，它的周身闪烁着白色的光芒，飞速旋转着，朝远方飞去。

那艘金色的飞碟发现了盾牌状的小飞碟，追了过去。霎时间，一金一白两艘飞碟都消失得无影无踪。

张小开松了一口气，这才发现自己出了一身冷汗。小腕龙很聪明，它可能已经知道危险解除了，将长长的脖子伸向了张小开。张小开抱住它的长脖子，轻轻地抚摩起来，小腕龙也用脑袋轻轻地蹭着张小开——两个小家伙都是一副大难不死、久别重逢的样子。

"我再也不让你受委屈了！"张小开喃喃地对小腕龙说。

白雪、杨歌和秦关博士看着这一幕，都不禁会心地笑了。

小腕龙还在发烧。秦关博士为小腕龙诊断后，确定小腕龙是因为感冒而发烧。他给小腕龙打针、灌药。过了一会儿，小腕龙的烧退了，它把脑袋靠在张小开的怀里，乖得像一只小哈巴狗。

三、送小腕龙回家

"那些黑衣人是什么人？那艘金色的飞碟里又有什么呢？"杨歌若有所思地问道。

"他们之间肯定是敌对关系，不然那群黑衣人不会见到金色飞碟就吓跑了，"白雪分析道，"另外，他们的目标肯定都是小腕龙。"

"不管他们是谁，反正他们是不会善罢甘休的。我们还是带着小腕龙赶紧离开吧。"张小开把小腕龙抱得更紧了。

"可是，我们怎么才能把它送回侏罗纪呢？"白雪问道。

"别担心，带上恐龙跟我走吧！"秦关博士说道。

"校园三剑客"带着小腕龙来到秦关博士家别墅的后院，他们惊讶地看见，在一片开阔的草地上，停着一只和秦关博士的车库一样大的"蟋蟀"！"校园三剑客"靠近时，才发现这是一台机器，它有着银灰色的外壳，在月光下闪烁着珍珠般的柔光。

"这是什么？"张小开围着"大蟋蟀"转来转去，好奇地问道。

"这是我最近发明出来的时光机，通过它，我们可以到达一亿多年前的侏罗纪时代。"秦关博士得意地说道。随后，他按了一下"大蟋蟀"身上的一个指纹按钮，只听"唰"的一声，时光机的两侧分别出现了一扇小门。

张小开迫不及待地钻进了时光机，可是，当他回过头去抱小腕龙时，才发现时光机的门太窄了。小腕龙的脑袋和长脖子伸得进来，但粗大壮硕的身体却留在了时光机外面。张小开急了，忙从时光机的另一扇小门跳了出来，转到另外一边，用手使劲地推小腕龙的屁股，想把它整个都塞进去。但是，一阵忙活后，小腕龙还是没能进到时光机里。

白雪他们笑眯眯地看着汗津津的小开，在一旁直乐。

"小开，还是我来吧！"秦关博士走了过来，领着张小开站到了离小腕龙一米多远的地方。然后，他拿出一个皮球大小的仪器，调整仪器上面的数字后，把这个仪器对准了小腕龙。

秦关博士按下了仪器上的按钮，一束射线射出，照在了小腕龙的身上，小腕龙全身顿时被一片白光包围。一刹那，小腕龙变小了，变得只有一个篮球那么大。

"这是'放大缩小仪'，它可以等比例地将物体缩小或放大。"秦关博士说着，钻进了时光机里，坐到控制台前。

杨歌和白雪也跟着进去了。张小开抱着小腕龙，小心翼翼地钻进了时光机里。

秦关博士按下控制台上的一个按钮，时光机的门自动关上了。再按下另一个按钮，时光机轰鸣起来。"校园三剑客"感觉耳边仿佛有一千挺机关枪在响。时光机的所有部件都在剧烈颤抖，四人的身体也不由自主地跟着哆嗦。

不知过了多长时间，仿佛很久，又好像只是一瞬间，时光机停止了轰鸣，世界恢复了平静。

"我们到达目的地了！"秦关博士起身宣布。"校园三剑客"瞪大了眼睛，互相看了看，有些难以置信。

"太棒了，我们到侏罗纪了！"张小开最先反应过来，他欢呼了一声，伸手去拉门把手。但是，门被秦关博士通过控制台锁死了，打不开。

秦关博士从监视器里确认外面没有危险后，才按下按钮。时光机的门自动开了，白雪和杨歌从时光机里跳了出去，张小开也抱着小腕龙走出了时光机。

此时，展现在他们眼前的是史前时代的壮丽景象：一片由蕨类植物组成的繁茂植被延绵不绝，离他们不远的地方还有一片碧蓝的湖泊，平滑如镜的水面在阳光的照射下闪烁着七彩的光辉。

就在"校园三剑客"对眼前的美景赞叹连连时，突然，一只巨大的腕龙从湖水里钻出，大步向他们走来。那腕龙有六七米高，二十多米长，蛇形的脖子比长颈鹿的还长。

大伙儿都屏住了呼吸，注视着腕龙。

秦关博士走过来，轻声说："别紧张，它不会伤害你们的。腕龙是食草恐龙，性情温和，和小腕龙一样，是我们的好朋友。"

果然，那只腕龙走到离他们很近的一棵大树边，张嘴咬了一些树尖上的嫩枝，悠闲地咀嚼起来。

"你们看！那儿还有好几只呢。"白雪指着大湖说道。确实，湖中有好多只大小不同的腕龙正在欢乐地嬉戏。

张小开怀里的小腕龙看着那些同伴，使劲地挣扎着，想要蹦到地上。

"别着急，小腕龙，你已经到家了！"

张小开说着，把小腕龙放到地上。秦关博士用"放大缩小仪"把小腕龙放大，使它变回了原来的样子。小腕龙有些疑惑地低头打量了一下自己，又张望周围，它一定很奇怪自己怎么又变大了。

不过，它的注意力很快转移到那几只腕龙身上。它稍稍迟疑了一下，便高兴地"呜呜"叫着，头也不回地朝那些腕龙跑去。小腕龙跑到了腕龙群里，和其他腕龙互相贴脸缠脖子，简直不知道该如何表达亲昵了。

"我想起来了，腕龙是喜欢群居的恐龙，难怪小腕龙这么高兴呢！"白雪若有所思地说道。

看着这一幕，张小开又高兴又伤心：他高兴的是小腕龙回到了它的伙伴中间，伤心的是自己从此失去了一个好伙伴。想着想着，眼眶不禁湿润了。

杨歌走到张小开身边，用力拍了拍他的肩膀，说道："你看小腕龙玩得多快活啊！这里才是它的家。别难过了，你还有我和白雪呢！"

张小开含泪笑着点了点头。

正说着，小腕龙和它的伙伴们成群结队地向另一个方向跑去。这些庞然大物就像是会移动的高山。相比之下，张小开他们仿佛是小人国的来客。

"别了，小腕龙！祝你一切都好！"张小开在心里默默地为小腕龙祝福，不知不觉中，泪水从他眼里漫出，模糊了他的视线。

四、遭遇地震龙

　　送走了小腕龙，此行的任务完成了。"校园三剑客"默默地往回走，都有些恋恋不舍。白雪走着走着就落在了后面，她发现了好多以前从未见过的植物，被它们吸引住了。

　　"秦关博士，我们能不能在这里多待一会儿？我想考察一下恐龙的世界。"白雪忍不住向秦关博士请求。张小开和杨歌也随声附和，大家一致认为这次机会很难得。

　　秦关博士沉吟片刻，说道："好吧。不过，你们要向我保证，不破坏这里的一草一木，更不能伤害恐龙。我向你们解释过'蝴蝶效应'，你们现在的任何行为，都有可能对未来的历史产生影响，也可能影响以后生物进化的历程——即使不小心踩死一只昆虫，也有可能产生'多米诺骨牌效应'，引起一连串的变化，使历史面目全非……"

　　"我们会注意的。""校园三剑客"认真地点了点头。

　　侏罗纪空气清新，美景如童话仙境。

　　"校园三剑客"边走边看，只觉得眼睛不够使。白雪拿出手机，一边走一边把奇特的动物和植物拍摄下来，准备带回21世纪做研究。

　　"博士，我们现在是在哪个大洲？您看，植物这样茂盛，是不是在赤道附近的地区呢？"走着走着，张小开脑中灵光一闪，突然问道。

秦关博士笑着反问道："你们知道恐龙最早出现在哪个时代吗？"

"我知道，是三叠纪，距离21世纪有两亿多年。"白雪回答道。

"对。"秦关博士点头说道，"那时的陆地，不是像现在一样分成七个大洲，而是连接在一起的，叫联合大陆或泛大陆。不过，也有科学家认为当时的陆地分两块，南半球的大陆叫冈瓦纳古陆，北半球的叫劳亚古陆。我们现在在劳亚古陆上。后来由于'大陆漂移'，陆地才分开来。"

"啊！劳亚古陆！"张小开放眼望去，充满激情地大喊了一声。杨歌和白雪微笑地看着他，也跟着大喊了起来："亲爱的劳亚古陆！"

三人的心中，一时涌动起对大自然、对地球的热爱之情。

"轰隆隆"，脚下的大地骤然震动起来。"校园三剑客"和秦关博士刚刚站稳，就看见一群巨大的恐龙像火车一样轰隆隆地向这边走来。这些像肉山一样的大个子恐龙长着一条长脖子和一个与体形很不相称的小脑袋。

"快往旁边跑！这是地震龙。"白雪向大家解释道，"它们的体形过于巨大，走到哪儿都会引起小规模的地震。"

地震龙越走越近，白雪还想再说什么，但其他人都听不见了。大地震动得越来越剧烈，这一群地震龙就像大山一样向四人压了过来。

张小开望着这些巨无霸似的恐龙，吓得腿软。他坐在地上，跑不动了。半晌，张小开抬起头向上看，那些地震龙高耸入云，一根根擎天柱似的大腿正从他的头顶上迈过去。

这时，有一只地震龙的脚眼看就要踩在张小开身上了。"当心啊，小开！"杨歌和白雪异口同声地朝张小开喊道。张小开就地一滚。啊！好险！只差一点点，张小开就要被一只地震龙踩到了。他吓出了一身冷汗，心都要跳出来了。扬起的尘土扑面而来，几乎遮住张小开的眼睛，他的耳朵也被震得生疼。

"怎么这么多地震龙？老天，快让这场噩梦赶紧结束吧！"张小开捂住了脑袋，在心里不住地祈祷。

慢慢地，大地的震动越来越小，轰隆隆的脚步声也越来越远。终于，最后一只地震龙也走远了。

张小开松了一口气，翻身仰面躺在了地上，闭上了眼睛。他感到十分庆幸：幸好人类没有在侏罗纪时代出现。如果这时有人类的话，恐怕不是被恐龙吃掉，就是被它们给踩成相片……

"小开，你怎么了？可别吓我啊！"张小开听见白雪的声音。他睁开眼一看，只见白雪跪在自己的身边，开始用力摇晃着自己。

"别晃了，我的骨头都快散架了！"张小开冲着白雪笑着说，"我没事！"

这时，秦关博士和杨歌也跑了过来，一屁股坐在了张小开的身边。四个人面面相觑，不禁哈哈大笑起来。原来每个人都是满脸尘土，有点儿像京剧里的花脸。

"我还以为你被地震龙踩成了肉饼！"杨歌打趣地说。

"真的好悬，就差那么一点儿！"张小开想起来真是有些后怕。他转念一想，问道："这么高、这么大的恐龙！真不知道它们是怎么吃、怎么长的？"

秦关博士笑着说："别看它们块头长得大，其实还是蛮温顺善良的。它们每天都花大量的时间来吃东西，吃东西时也是狼吞虎咽的。食物从它们长长的食管一直滑落到胃里，在那儿，这些食物还会被不时吞下的鹅卵石磨碎。"

"它们爱吃东西这一点其实和我蛮像的。"张小开一本正经地说，逗得大家哈哈大笑。

四个人休息了一阵子，精力恢复得差不多了，就又匆匆上路，继续他们恐龙世界的历险。

五、弱肉强食

"嘘——"张小开将手指压在了唇上，"别出声，好像来了一头大象！"

"大象？不可能！侏罗纪时代，大象还没进化出来呢！"白雪不相信。

"不信你自己看！"张小开手指前方说。大家顺着他指的方向望去，果然看见一头类似大象的动物慢慢地从远方走来。

"哈，那哪是大象啊！那是一种叫剑龙的恐龙。"白雪笑道。

秦关博士也看清楚了，点头说：“确实是剑龙。”

剑龙慢慢地走近了，大家也看清了它的模样。它有六七米长，三米多高，个头和大象差不多。奇怪的是，它这么大的身躯，却有一个小得可怜的脑袋，显得极不相称。

张小开疑惑地说：“剑龙的脑袋怎么这么小？”

白雪耸耸肩：“人家天生如此嘛！它的脑容量只有核桃大小，甚至比一只小狗的还小呢，所以它是一种很笨的恐龙！”

剑龙发现一丛低矮的灌木，低头吃起来。

“真可怜啊，为什么要让它生得这么笨呢！”张小开看着它，同情地说。这时，张小开注意到，它的背部有一整排三角形骨板，一块一块排列开去，像一面横着拉开的帆。他看着那些骨板，觉得非常怪异，忍不住问：“剑龙身上的这些骨板是做什么用的？”

杨歌猜道：“是用来吸热和散热的吧？”

秦关博士点点头说：“对，这些骨板里面充满了空隙，表面还有很多沟槽。这些空隙和沟槽里布满了血管。当气温降低时，剑龙就会张开骨板，吸收阳光的热量；当气温升高时，又会将骨板转一下，利用凉风散热。”

张小开羡慕地说：“这骨板真棒！要是我身上也长一排骨板，就可以感受冬暖夏凉啰！”

白雪打了他一下：“你就爱异想天开！”

秦关博士笑着说："这也不是不可能，就让小开去研制这种东西吧！"

　　这时，斜前方的树丛里又钻出一个怪物，它大声咆哮着向剑龙扑去。

　　秦关博士失声叫道："哎呀，是异特龙！危险！"他忙带领大家伏下身子，掩藏在一堆茂密的杂草后。大家的心都咚咚直跳，连秦关博士都如此紧张，看来这种恐龙一定很危险！

　　异特龙的一对前肢相对它庞大的身躯来说十分细小，上面各长有三根锋利的指爪。它显然已经伺机良久，此时直奔目标，扑将过去，一口咬住剑龙的大腿，撕下了一块肉。剑龙果真是只笨恐龙，毫无防备，惨叫着倒在了地上。

　　异特龙咆哮着，凶猛地跳起来，狠狠地咬住剑龙的喉咙，又咬下大大的一块肉。可怜的剑龙浑身鲜血淋漓，痛得在草地上扑腾，嘴里还凄厉地咆哮着。这场面真是惨不忍睹。

　　草丛里的四人被吓得心惊胆战，一动不动地蹲着，生怕弄出丝毫的响动。

　　异特龙继续撕咬着剑龙，剑龙的叫声越来越低，没过多久便声嘶力竭，一命呜呼。异特龙开始大口大口地享用它的猎物。很快，在饥饿的异特龙面前，一只如大象般肥壮的剑龙露出了森森的白骨。异特龙吃饱后，心满意足地长嘶一声，得意扬扬地走远了。

　　众人等异特龙走远了，才从草丛里钻了出来，仍是心惊肉跳，感叹不已。

张小开叹息着说："剑龙真是可怜，一转眼就只剩一副骨架了！"

"这就是弱肉强食，适者生存，自然界的这条残酷铁律是无法改变的！"秦关博士说道。

天色渐渐暗下来，秦关博士招呼大家："天快黑了，我们找个地方宿营吧！"

张小开担心地说："这么多恐龙，在野外宿营会不会有危险？"

"危险肯定是有的，但觉总不能不睡！我们找 个安全的地方搭顶帐篷。另外，在帐篷外我会放置一台自动报警仪。"秦关博士说。

大伙儿找到了一片空地。秦关博士指导"校园三剑客"搭了一顶帐篷，又在四周生了一些火。大家都觉得疲乏不已，吃了点儿干粮，就钻进各自的睡袋里，很快便睡着了。

六、霸王龙的攻击

为了看到更多的恐龙，第二天，秦关博士开动时光机，带领"校园三剑客"来到了白垩纪。

他们刚走出时光机，就看到天上飞过一只黑不溜秋、像鸟一样的生物。

"那是始祖鸟吗？"张小开兴奋地喊道。

秦关博士笑着说："那不是始祖鸟，是翼龙。它们既能够在针叶林上空捕捉虫子，也能在水面上抓鱼吃。在恐龙最早出现的三叠纪里，翼龙就出现了。翼龙是唯一能飞翔的爬行动物。"

接着，他又指着远处一只双翼展开来有十多米长，相当于一架小型飞机的翼龙，对"校园三剑客"说："那是风神翼龙，体形最大的翼龙。"

"啊，会飞的恐龙，"张小开赞叹道，"真了不起！"

"其实翼龙不是恐龙。"秦关博士摇头说道，"尽管和恐龙生存于同一时代，但翼龙在生命进化树上是一个独特的分枝。翼龙是飞向蓝天的爬行动物，当恐龙称霸陆地时，翼龙却掌控着天空。"

正说话间，张小开突然看见远处一个庞然大物正向他们跑来。他忙对大家说："那边有一个大家伙正在向我们跑来！"

白雪、杨歌和秦关博士扭头一看，一只至少有四米高、嘴阔牙尖的恐龙正快速向他们奔跑过来。

"回时光机里去！"秦关博士果断地说道。

"校园三剑客"连忙往时光机的方向跑。当四人气喘吁吁地进入时光机后，秦关博士急忙关闭了时光机的密封舱门。

"这下安全了！"秦关博士长长地舒了一口气。他按下控制台上的一个按钮，前方的一块液晶显示屏上出现了时光机外面的情形。

屏幕上出现一只体形高大健硕、两眼放射着绿光的恐龙，看起来异常凶恶。

"这是暴龙，又名霸王龙，拉丁语学名的意思是'残暴的蜥蜴王'。它是肉食性恐龙，而且是陆地上最大的肉食动物。"精通生物学的白雪说道。

"我们四个人对于它来说，只能算是一碟小菜，它肯定嚼都不用嚼就能把我们吃掉。不过，你的肉嫩，它肯定会先吃你。"张小开跟白雪开起了玩笑。

"坏死了！"白雪生气了，用手捶打张小开，张小开连忙讨饶。

霸王龙越走越近，它的身体是如此沉重，以至于它靠近时光机时，大地竟然颤抖起来。此时，张小开他们可以仔细地观察霸王龙了：它的头长而宽，两颊的肌肉十分发达，上颌宽，下颌窄，嘴里的牙齿像匕首一样锋利——这整个头部仿佛就是专为撕咬猎物而设计的。霸王龙的脖子又短又粗，浑身覆盖着坚硬的鳞甲，前肢极短，保持身体平衡的尾巴不算太长，但粗壮有力。

看清了霸王龙的样子，张小开吓得不再敢说话了。

秦关博士安慰大家说："别担心，我们的时光机是用硬度极高的特殊金属制成的，这只霸王龙不能拿我们怎样。再说了，时光机也装备了武器，不过，不到万不得已不会使用它。"

"校园三剑客"认真点了点头，在秦关博士的示意下坐到椅子上，系上了安全带。

霸王龙被时光机那银光闪闪的"大蟋蟀"造型吸引住了，它走到和它体形相当的时光机旁边，好奇地看了看，又用头试探性地推了推，见没什么反应，就开始用牙咬，用脚踢。

时光机剧烈地震动起来，屏幕上不时晃动着霸王龙骇人的嘴巴、眼睛和带着钩的爪子。时光机内虽然很安全，但是秦关博士和"校园三剑客"还是胆战心惊。

过了好一阵子，霸王龙终于玩腻了，悻悻离去。大伙儿长长地吁了一口气。被霸王龙这么一折腾，张小开和白雪十分紧张，浑身像是虚脱了一样，过了好一阵儿才缓过来。

有了这次遭遇霸王龙的经历，秦关博士意识到在恐龙世界探险，随时都可能有意外发生。为了保证大家的安全，秦关博士给"校园三剑客"每人发了一支麻醉枪。

"我给你们的枪不会打死恐龙，只会麻醉它们。不过，不到万不得已的时候绝对不能使用。一只被麻醉的恐龙随时会被其他肉食恐龙吃掉，这很可能对未来的生物链产生影响。你们三个记住了吗？"秦关博士郑重其事地说道。

"校园三剑客"认真地点了点头，表示不会轻易使用麻醉枪。之后，秦关博士又给每人发了一枚像纽扣一样大的东西，要三人将它别在衣服上。

"这是什么呀？旅游徽章吗？"张小开好奇地问道。

"当然不是。"秦关博士摇了摇头，接着，他又拿出一个像巴掌那么大的、带有小屏幕的仪器给大家看，"这是我发明的迷你定位装置，它能自动绘制方圆百里的地形图。别在你们身上的东西是微型定位仪，它会不间断地向定位装置发送电磁波。万一我们走散了，定位装置的屏幕就会显示走散者的方位，这样，我就可以找到你们。"

　　整理好随身必带的工具和设备，锁好时光机，四个人向着绿色的原野进发，开始了在白垩纪时代的探险。

　　原野上，奔跑着一群外形酷似鸵鸟的恐龙。它们的体形与霸王龙相比轻巧了许多，奔跑的速度也更快。这些小恐龙在原野上时隐时现。

　　"这又是什么恐龙？"杨歌好奇地问。

　　"这是似鸵龙。"秦关博士告诉大家。

　　"是因为它们长得像鸵鸟吗？"张小开问。

　　"对呀，不过它们的身上光秃秃的，没有羽毛。它们身体的结构很轻巧，脖子细长，运动灵活。它们的后肢长而敏捷，尤其擅长奔跑。它们可是恐龙时代的跑步健将哦。"秦关博士介绍道。

　　"似鸵龙是吃肉的还是吃素的？"张小开尤其关心这个问题。

　　"似鸵龙是杂食恐龙，吃草，也吃恐龙蛋。"秦关博士耐心地告诉他。

　　一路上，大家边看边说，很快就穿过了原野，来到一片树林中。白垩纪的树林格外茂盛，树木也长得特别高大。突然，一阵恐龙的嘶吼声把大家吓了一跳，四人赶紧躲到一棵大树的后面。

张小开偷偷地伸出脑袋，向发出嘶吼声的方向看过去，原来是两只恐龙在打架。其中一只是霸王龙，另一只浑身披着厚厚的铠甲，长得像坦克一样敦实，尾巴看起来像一根大棒槌。

秦关博士指着装甲车似的恐龙小声说道："那是甲龙，是体形最宽的恐龙，就像是在恐龙世界中爬行的坦克，因此它又叫坦克龙。"

两只恐龙对峙了一会儿，突然，霸王龙以迅雷不及掩耳之势扑向了甲龙。甲龙也不是省油的灯，毫不客气地将尾巴上的"钉锤"甩向了敌人。霸王龙被这出其不意的一招打晕了过去，甲龙趁此机会逃之夭夭。

"校园三剑客"和秦关博士也赶紧离开了这个是非之地。

七、惊现风神翼龙

"校园三剑客"和秦关博士继续在树林里穿行。

忽然，四人发现前方空地上有一群恐龙，于是再次在树后隐蔽起来。透过树丛，"校园三剑客"发现这群恐龙正在草地上自由自在地玩耍、进食。这种恐龙大概四米多长，用后腿站立，前肢很短。最显眼的是，在它们凹凸不平的头上，长有一个厚厚的圆屋顶般的隆起物，像戴了一个乌龟壳。

它们有的在互相顶脑袋玩，有的在吃树叶，还有的无所事事地走来走去。张小开觉得它们憨憨的，可爱极了。要不是忌惮它们那巨大的身躯，他真想走过去跟它们打一个招呼。

秦关博士告诉大家，这种恐龙叫作肿头龙，拉丁语学名的意思是"长有厚头的爬行动物"。他指着一只肿头龙给大家小声讲解："看，肿头龙最引人注目的就是它们头部的那个隆起物，这是它们保护自己的武器，也是为争夺配偶而展开决斗的工具。那些顶着脑袋玩耍的恐龙，实际上是在锻炼自己头上的那个大疙瘩。它们的规矩是，在撞头决斗中，谁的脑袋最硬，谁就被尊为首领。"

张小开傻乎乎地插嘴道："那它们和练过铁头功的人，谁的脑袋更硬啊？"

大家都笑了。秦关博士继续说："你们看，雄龙头上隆起物的颜色要比雌龙头上的鲜艳得多，你们知道那有什么作用吗？"

"是为了引起雌龙的注意，对吗？"白雪答道。

"是啊，在动物界中，雄性动物往往要比同类的雌性动物鲜艳漂亮，比如孔雀、鸳鸯，这都是为了赢得雌性动物的青睐呢！"秦关博士说。

"它们是温和的素食恐龙，大概不会主动攻击我们吧！"张小开不确定地说。

"一般不会，不过咱们还是小心一点儿，悄悄地绕过去吧。"秦关博士建议道。

于是大家轻手轻脚地从树后绕往山上，尽量不去打扰恐龙。只有张小开有些恋恋不舍，一个劲儿地回头，嘴里还向那些毫不知情的恐龙小声说着再见。

当晚，他们在一处安全的地方搭帐篷过夜。第二天早晨，阳光从帐篷的缝隙里射进来，大家才打着哈欠，伸着懒腰走出帐篷。

就在这时，不远处的天空中突然出现一群翼龙，它们全都有小型直升机那么大，黑压压的，朝秦关博士和"校园三剑客"飞来。

"风神翼龙！"张小开兴奋地喊道。他十分喜欢这些能自由自在地在天空中飞翔的硕大动物。

"小心！快回帐篷里去。"秦关博士大声喊道。

"校园三剑客"急忙往帐篷里跑。他们一边跑，一边睁大眼睛回头看。那可真是一群硕大的飞行动物，它们长着长长的喙，伸着长长的脖子，翘着短短的尾巴，拍打着十几米长的薄翅膀，向他们扑来。

白雪、杨歌、秦关博士依次钻进了帐篷，突然听见"哎哟"一声大叫，跑在最后面的张小开摔了一跤，跌倒在帐篷外面。就在这时，一只冲在最前面的风神翼龙以迅雷不及掩耳之势一把抓起了张小开，飞向空中。

"快用麻醉枪把它打下来！"秦关博士大声喊道。

杨歌最先镇定下来，他拿起随身携带的麻醉枪对着抓住张小开的风神翼龙不停射击。然而，风神翼龙飞行的速度非常快，杨歌的麻醉弹无一命中。风神翼龙带着张小开越飞越高，越飞越远。才一会儿工夫，天空中就只剩一个小小的黑点了。

"小开！小开！"白雪也举着麻醉枪射击，但也没能成功，只能着急大喊。他们朝夕相处的好朋友眨眼间就消失得无影无踪。

其他风神翼龙继续攻击帐篷里的人们。秦关博士也和他们一起开枪。有几只风神翼龙被麻醉弹击中，翻落在地，别的也就不敢贸然前进。又过了一会儿，风神翼龙都悻悻飞去，消失在天边。

"小开他会怎么样？"

白雪愣愣地望着天空，急得快哭出来了。

杨歌一言不发。他虽然喜欢和张小开斗嘴，但那是好兄弟之间的玩笑，现在张小开被风神翼龙抓走了，他心里比谁都着急。

多少大风大浪他们"校园三剑客"都是一起应对的，如今少了一个张小开，杨歌和白雪的心里都空落落的。他们俩都宁愿和张小开一起被翼龙抓走，共同面对危险。

关键时刻，还是秦关博士沉得住气。他望着束手无策的杨歌和白雪，不慌不忙地说："别着急，我们一定能找到小开。"

白雪望了望头顶纯净而陌生的天空，抹着眼泪说："我们对这里一点儿也不熟悉，怎么找？"

"虽然我们初来乍到，但是你们别忘了，我们有这个。"秦关博士说着从背包里拿出迷你定位装置。

杨歌和白雪眼睛一亮："刚才光顾着着急，怎么把它给忘了？"

很快，通过迷你定位装置小屏幕的显示，三人确定张小开正在被风神翼龙带向东南方。随即，秦关博士带领杨歌和白雪朝东南方进发了。

三人穿过一片很大的森林。一路上，他们又遇到了形形色色的恐龙。有背甲上长有漂亮图案的萨尔塔龙，有盔甲、武器齐全的三角龙，还有头上长着一顶高冠的窃蛋龙——这种龙看起来像一只大鸟，专门偷吃其他恐龙的蛋。它的眼睛长在头的两侧，偷蛋的时候会灵活地张望四方，以防被发现。

一小时后，三人走出树林，来到蔚蓝的大海边。迷你定位装置显示张小开被风神翼龙抓到了海中的孤岛上。

白雪发愁地说："没有船，怎么才能渡过大海去救小开呢？"

秦关博士打开背包："别担心，我早有准备。"他一边说着，一边从背包里取出一只折叠式充气橡皮船。

杨歌佩服得无以复加："秦关博士，您真是未卜先知，没来白垩纪之前就知道要渡海，专门准备了橡皮船。"

"没什么，这只是探险必备品。快过来帮忙吧！"秦关博士说道。于是，三人在沙滩上七手八脚地给橡皮船充气。

忙乱间，杨歌突然看到有一条鳄鱼爬上岸来，惊呼："不好，有鳄鱼！"

白雪摇头说："它不会做什么的。不信你仔细瞧瞧。"

杨歌揉揉眼睛仔细望去，才发现这条"鳄鱼"样子很怪。它比普通鳄鱼要长几倍，而且没有爪子，只有四片鱼鳍一样的鳍，尾巴也像鱼尾一样呈鳍状。

"这是沧龙，是海里的霸王，最爱吃鱼和贝类，海龟也是它的主要猎食对象。"白雪说道，"在沙滩上，它有再大本领也施展不出来，它只是来晒晒太阳，呼吸一下空气。"

不一会儿，橡皮船充气完毕，三人一起把它推到海里，爬了上去。那只沧龙回到了海里，它对这只样子怪怪的橡皮船并没产生兴趣。不过它发现了一只很肥的海龟，正摆动着灵活的尾巴对其紧追不舍。

海水很清澈，浅海区的海底可以看得一清二楚，大大小小的鱼儿在水草中游来游去，各种贝类动物在海底吐着泡泡。眼看沧龙就要追上海龟了，礁石后面忽然杀出一只蛇颈龙。它也长着鳍状的四肢，体形巨大，但脖颈细长如蛇。

蛇颈龙突然出现在海龟的下方，猛一张嘴咬住了海龟。眼看到嘴的猎物被抢，沧龙哪肯罢休，也咬住海龟不放。两个家伙拉拉扯扯，你争我夺。

它们把海龟分食殆尽后，互相怒目而视，看样子还想打架。但蛇颈龙显然不是沧龙的对手，最后摆摆尾巴游走了。沧龙得意扬扬潜到海底，到礁石后睡大觉去了。

八、寻找张小开

橡皮船离大陆越来越远。渐渐地，陆地已经完全看不到了，满眼都是蓝色的天空和海洋。老天倒也没为难他们，海面上风平浪静，如果不是前途叵测，张小开又生死未卜，三人倒愿意在这平静的大海上一直漂流下去。

三人轮流划船，前方渐渐出现了一个小岛的轮廓，岛上的地形也已隐约可见。杨歌大喜，帮着白雪用力朝小岛划去，秦关博士则开始整理登岛所需的一些物品。

登岛后，他们看了看迷你定位装置，装置上的小屏幕显示张小开就在附近。三人便向小岛腹地走去。

这个小岛完全是翼龙的世界，天空中到处都是形形色色、样子怪异的翼龙。其中，个头最大、翅膀张开像小飞机的是带走张小开的那种风神翼龙；头部一米多长，如同尖尖的梭子，没有尾巴且翼展稍逊于风神翼龙的是无齿翼龙；如麻雀般小巧玲珑的是白垩纪时代体形最小的森林翼龙……

当三人走到一棵大树边时，杨歌一抬头，望见一只脑袋很大、尾巴很长的翼龙倒挂在树梢上。杨歌好奇地问："它倒挂在树上干什么？"

秦关博士答："估计在练习飞行吧。"

一阵风吹过，这只翼龙用后腿蹬了一下树枝，扇动双翅向着远方滑翔而去。

一路上，有好多由树枝杂草堆成的翼龙巢穴，迷你定位装置显示张小开就在其中一个巢穴里。

"就在这儿！"秦关博士指着一个翼龙巢穴喊道。然而，当他们向翼龙巢穴望去时，不由得大失所望：里面有三只可爱的小风神翼龙在兴高采烈地玩耍，却不见张小开的踪影。

张小开到哪里去了呢？

忽然，白雪惊呼道："看，张小开的定位仪！"

杨歌和秦关博士定睛一看，果然，一个像纽扣一样大的东西正被小风神翼龙咬来咬去。那正是张小开的定位仪。

杨歌的心一沉。"小开……是不是被它们……被它们……吃了？"

白雪一听这话，眼泪马上像断了线的珍珠一样掉了下来。

"小开还活着！"秦关博士在巢穴里仔细观察了一番，很肯定地说。

杨歌疑惑地问："您怎么这么肯定？"

"你们看，这巢穴里没有一点儿血迹，也没有衣服碎片，证明小开还活着。翼龙吃东西不可能这么干净，什么痕迹也不留下。它总不会把小开一口吞进肚子里去吧？就算一口吞进去，怎么会把定位仪留在外面？"

杨歌点头称是，白雪也擦干了眼泪。

白雪从小翼龙嘴里夺回定位仪，狠狠瞪了它们两眼，回头问道："那小开会到哪里去呢？"

秦关博士思索了一下，说："他被风神翼龙带回这里，很可能趁大翼龙出去的时候逃走了。"

杨歌和白雪精神大振，就在这时，远处突然传来了枪声。三人大惊失色道："怎么会有枪声？"

九、时空猎手

三人立刻向着枪声传来的方向奔去。居然是一群黑衣人，装扮和他们在森林公园里遇见的那伙人完全一样。他们举枪向天上的翼龙射击，不时爆发出得意的笑声和欢呼声。在他们的身旁，放着一个大大的袋子。

翼龙们似乎对这突如其来的响声有些摸不着头脑，尽管受了些惊吓，却没有逃跑的意思。它们扇动着大大的翅膀，一边叫着，一边在天上绕着圈。

几声枪响后，有一只翼龙被击中了翅膀。它的身子一歪，直坠下来，黑衣人赶紧摊开了一个大袋子顺势捉住了它。

其他翼龙好像看出了什么门道，齐齐飞向受伤的同伴。一个黑衣人高兴地大叫："快快快！把这几只也抓住，千万别让它们跑了！"

另外几个黑衣人纷纷举起枪，瞄准这几只越飞越近的猎物。

"住手！"秦关博士冲上前去，他早就按捺不住了。别看秦关博士平时温吞没脾气，他可是极讲原则、极富责任感的人，关键时刻该出手时就出手。眼看有人这样随意捕杀远古动物，他肺都快气炸了。然而，黑衣人完全不理他。

"快住手！"秦关博士大喝一声，去夺一个黑衣人的枪。"砰"的一声，子弹打偏了，翼龙们随即俯冲下来，扑扇几下，把几个黑衣人掀翻在地。

黑衣人左闪右闪地躲避翼龙的袭击，其中一个黑衣人捡起掉在地上的枪，对着天空就是一阵猛扫。翼龙们见势不妙，鸣叫了两声，扇扇翅膀飞走了。

"好大的胆子，竟敢坏我的好事！"一个嘴角上有一道疤痕的黑衣人恶狠狠地说道。他上下打量秦关博士三人，眯起眼瞅了一会儿，挥手说道："把他们绑起来，关到基地去。"

黑衣人一拥而上，把秦关博士三人团团围住，用枪指着他们，给他们绑上了绳索，还拿出黑布蒙住了他们的眼睛。

"跟我们走。"那首领说。秦关博士三人在黑衣人的推搡下跟跄前行。

上了台阶又下台阶，走过了一段凉飕飕的路，其间还拐了好几个弯，黑衣人终于停了下来。有人帮白雪解开了黑布，她睁眼一看，发现自己站在一个全封闭的房间里，秦关博士和杨歌站在自己身边。

"你们是谁？为什么要把我们带到这里？"秦关博士义正词严地问。

"我们是谁并不重要，你们是谁我们也不关心，关键是我们不想被人干扰。谁让你们多管闲事呢？你们在这里住几天吧，只要你们乖乖地待在这，保管什么事也没有。"黑衣人首领说道。

"可是你们为什么要射杀恐龙呢？难道你不知道这样做是在影响历史、破坏生态平衡吗？"白雪愤愤地说。

"历史？生态平衡？那关我什么事儿？"那黑衣人眯了眯眼，很不屑地说，"我只知道怎么样可以赚到钱，我应该怎么样去赚钱。"

"用恐龙赚钱？"秦关博士疑惑地问。

"你是从哪个时代来的土包子？"这回轮到黑衣人吃惊了，"恐龙可是我们的摇钱树啊！在我们22世纪，恐龙可吃香了，好多地方抢着要，博物馆、动物园、餐馆……"

"你们的政府允许你们这样胡作非为？"杨歌很有些吃惊地问道。

"笨蛋！"黑衣人首领鄙夷地看着三人，"这种事政府当然是严令禁止的。买卖活恐龙和恐龙肉都是通过黑市进行的，谁出的钱多就卖给谁。反正是一手交钱一手交货。"

"你们是专门猎杀恐龙的组织？"白雪忍不住问道。

"那当然了！"黑衣人自豪地说道，"我们隶属于一个专门通过时间旅行猎杀古生物的大公司，人们叫我们'时空猎手'。我们公司有许多像我们这样的小组，每个小组负责不同的业务。我的小组负责猎杀恐龙，其他的小组负责到别的时代猎杀别的古生物，比如剑齿虎和猛犸象。目前我们的货物品种越来越齐全，客户也越来越多，我们的生意可是越做越红火了。"

黑衣人越说越兴奋，最后竟然笑出声来。

"真是太卑鄙了！"白雪气愤地说，"你们这样明目张胆地干坏事，难道就没有人管你们吗？"

黑衣人皱了皱眉头，说道："你这算是问到点子上了。做我们这行就是要冒点儿风险，怕就怕被时空特警发现，要不是担心你们去通风报信，我也不用把你们关在这里啊。"

他想了想，又说："我们是时空猎手，却不是杀人犯。我们不想杀你们，只要你们乖乖的，别惹事，等我办完了事就放你们出去。"

一个手下走过来，在他耳边说了句什么。他向周围的人示意了一下，一行人就迅速鱼贯而出。最后一个人走出门时，把门"砰"的一声关上了。

"真是一群见钱眼开的家伙！"白雪生气地说道。

"再放任他们这样下去，未来会变得一团混乱，世界会面目全非。"秦关博士忧心忡忡地说，"我们得想想办法才行。"

"我们先逃出去再说！"杨歌见四下无人，开始调动体内的超能力。他退到墙边，双目凝神，注视起绑在身上的绳索。几秒钟后，他的眼中射出一道炙热的红光。不一会儿，绳子噼里啪啦地断裂开来，杨歌轻轻一扯，断裂的绳子就像落叶般飘了下来。

"来，我给你们解除绳索。"杨歌如法炮制，烧掉了秦关博士和白雪身上的绳子。三人全都自由之后，杨歌双手合十，朝门上的电脑锁发射了一道霹雳闪电。"噼啪"一声脆响，门开了。

秦关博士把头伸到门外四下张望，说："这些家伙一定以为只要给门上了锁就能关住我们，才没有留人看守。咱们走吧。"

三人蹑手蹑脚地跨出了房门，正要逃跑，"嘟嘟嘟——"头顶突然传来刺耳的警报声——天花板上的摄像头将他们逃跑的影像传到监控室里，向监控室里的时空猎手发出了警报。

通道的一头突然出现了五个怪模怪样的人。

十、黑暗中的眼睛

"快跑！"杨歌说，他一手拉着白雪，一手拽着秦关博士，飞快地朝着通道的另一端跑去。

"咚咚咚——"后方的脚步声十分沉重，并夹杂着"嗡嗡"的声音。三人回头一看，发现那五个越追越近的怪人其实是五个方头方脑、表情呆滞的机器人。

"它们快要追上来了。"白雪紧张地说道。

"别担心，我们用瞬间转移离开这里！"杨歌一边说，一边用心呼唤着四维时空球。眨眼间，一个奇幻迷离的球体便出现在三人面前，那球体很快又变成了一条火红的通道。就在离他们最近的机器人要抓住白雪的衣襟时，三人一齐跳进了火红的通道——时空隧道中。随后，人和通道都像水蒸气蒸发一样，在空间中消失了。

机器人面面相觑，不明白杨歌他们为什么会突然消失。

当三人从时空隧道里出来时，他们发现自己仍然置身于时空猎手的基地。此时出现在他们面前的是一条看起来很深的隧道。

"进去看看！"秦关博士一边说，一边领着杨歌和白雪钻进隧道。

越往里去，隧道越宽阔。三人最后进入了一个有几十米高的人工洞穴，墙上有明显的机器凿痕。

"咦，这个人工挖出来的洞穴是干什么用的？"白雪好奇地问道。

"是有点儿奇怪。"秦关博士和杨歌也有同感，两人也在四处张望。

"哎！快来看！"白雪一声惊呼，把两人吸引了过去。

"这边还有一个洞呢！"白雪对着一个小孔冲他们喊道。两人凑过去一看，发现小孔的对面果然有一个大小一样的洞穴。

"我看这两个洞像是连在一块儿的。"秦关博士说。

杨歌用手在穴壁上摩挲了一阵子，突然用力一推。"嘎吱"一声，小孔变成了一个大洞。

"原来这里是通的啊。"白雪很惊奇地说。

"这入口倒是隐蔽得很好。"秦关博士点头说道。

"咱们进去看看吧。"杨歌冲进了新发现的洞穴。

三人很仔细地观察洞里的情形。没走几米，洞壁上出现了一道紧锁着的金属门。

"这门里关着什么呢？"白雪皱眉说道。

"我来看看。"杨歌凝神站到门前，开始调动体内的超能力。秦关博士二人都退到一边，静静地看着。

杨歌的眼中射出一道光，落在门的正中，门上的光点很快变成了一个小眼，小眼周围的金属飞快地熔化着。眨眼间，小眼变成了一个小洞。杨歌停了下来，把头凑到小洞前边往里看。

"啊！"杨歌只瞅了一眼，就像看见了鬼似的被唬得直往后退。

"你看见什么了？"白雪很是好奇，能叫杨歌害怕的东西可不多呢。

"一个非常奇怪的东西堵在小洞上……像有一只眼睛盯着我，阴森森的，好吓人。"杨歌觉得身上的汗毛都竖起来了。

"眼睛？"白雪既好奇又害怕，想看又不敢看，左右为难。最后，还是秦关博士把眼睛贴了上去。

有什么东西在面前一晃而过，接着有东西挡在了小洞上，什么都看不见了。秦关博士伸出一个手指，轻轻捅了一下，见没有反应，就用力再捅了一下。那东西挪开了。秦关博士眯着眼，屏住呼吸，全神贯注地凝视着门的那一边。

里边有轻微的声响。秦关博士觉得像是人喘气时发出的"呼哧呼哧"声。

秦关博士忍不住在门上猛拍了一下。里边开始骚动起来，堵在洞口的东西似乎不见了。

秦关博士瞪眼看着，只见洞里有一大堆东西挨在一起，有的还在蠕动。认出是什么后，秦关博士不禁叫出声来："我的天啊！"

"到底怎么回事？"白雪正等得心急，见秦关博士如此反常，心里更是火急火燎。

"你们猜里面是什么？猜中有奖！"秦关博士变得兴奋起来。

"到底是什么？"杨歌和白雪异口同声地问道。

"是恐龙啊！"秦关博士大声说道。

"真的？我看看。"白雪再也顾不得别的，蹦到门前使劲地瞅。

"这么说，刚才我看见的就是恐龙的眼睛了！"杨歌恍然大悟。

"里面肯定是时空猎手用来关押捕获的恐龙的洞穴，我们得想办法把它们放走。"秦关博士说。

"对！我们要让他们'赔了夫人又折兵'。"白雪转过脸来对着杨歌说，"赶紧把门弄开吧。"

"好！"杨歌点点头，双手合十，朝那门发射了一道霹雳闪电。金属门很坚固，"噼啪"声响过后，门没有开，杨歌又连续朝它发射了几道闪电，消耗了不少体能，才将金属门弄开。

大门一开，三人心里突然有些害怕。不管怎么说，这里面有些恐龙可是食肉动物啊！原以为恐龙们会争先恐后地往外冲，但奇怪的是，所有恐龙都目光呆滞地站着，丝毫没有要逃跑的意思。

"它们都傻了吗？怎么一点儿反应都没有？"看着这些庞然大物丝毫没有生龙活虎的劲儿，白雪真是替它们着急。要是在丛林里碰上它们，这副模样还挺叫人高兴的，可现在是它们生死攸关的时刻啊，怎么这样呆头呆脑的？

十一、再陷魔掌

"时空猎手一定给它们注射了让大脑反应迟缓的药物，"秦关博士说道，"只好让它们受点儿强刺激了。"他从衣兜里掏出一个小药瓶，打开瓶盖晃了晃，周围立刻充溢着一种刺鼻的味道。"这种气体能强力醒脑，不过容易引起亢奋。"他又掏出手枪，对着洞口开了一枪，"这样更能引起它们的注意。"

果然，恐龙们纷纷晃起脑袋、甩起尾巴来，变得躁动不安。枪声响过后，一只三角龙抢先朝着子弹飞出的方向奔去，它那粗重的脚步震得地面咚咚作响。一石激起千层浪，其他的恐龙也"活"过来了，纷纷朝着同一个方向奔去。

大小恐龙一齐奔跑，简直像有千军万马在作战。洞穴里尘土飞扬，土块和碎石四处散落。

　　三人躲在一个角落里，两手抱着头，一动不敢动，生怕被哪只恐龙一眼瞅见，成为被追逐的目标。所有的恐龙都跑出去后，足音仍在洞穴里轰响，震得人头昏目眩，心跳加快了一倍。

　　"它们终于逃出时空猎手的魔掌了。"好半天，白雪才拍拍胸口，如释重负地说。

　　"我们也要赶紧走，恐龙的动静那么大，时空猎手一定往这边赶过来了。"秦关博士说道。

　　空气中还弥漫着恐龙逃跑时扬起的尘土，三人在隧道里拔足狂奔，拐了一个弯又一个弯，可是怎么也不见出口。

　　"我们迷路了！"杨歌说道，"绕来绕去还是在这里。"

　　这时，有脚步声从远处传来，夹杂着隐隐约约的人声。秦关博士忙向杨歌和白雪做了个噤声的手势，三人连忙躲到了暗处，竖起耳朵仔细听。

　　"你们今天都成死人了？人跑掉了不说，连恐龙也跑了！一群没用的东西！"是黑衣人首领的声音，"一定是那几个家伙把恐龙放跑的，你们一定要把他们给我抓回来，听到了没有？"他的声音提高了八度，旁边的人唯唯诺诺地答应着，"找到人后给我送过来。我要亲自处决他们！"他恶声恶气地说道。

　　脚步声朝着另一个方向去了，通道里安静下来。

“我们赶紧走！”秦关博士一挥手，三人朝着另一条幽深的通道跑去。

“他们在那儿！”身后传来一个时空猎手的声音。

“给我追！”首领声嘶力竭地喊道。

时空猎手们追了过来。白雪回头看见他们越来越近，心里十分着急，可两条腿不听话，越跑越没劲了。

追兵的速度出奇地快，一眨眼就追上来了。

“前边有个出口。”白雪正待高兴，可笑容马上就凝住了。

三个荷枪实弹的机器人正一字排开地守在出口，像是早就算计好了似的。

“杨歌，能用瞬间转移把我们带离这里吗？”白雪大声说道。

杨歌想要调动体内的超能力，但此时的他筋疲力尽，怎么也没办法把四维时空球打开。杨歌在极短的时间里频繁使用超能力，体能消耗太大，已经无力再呼唤出四维时空球，打开时空隧道带大家逃跑了。

三人被推搡着带回了之前的密闭房间里。

“我本来把你们当客人看待，不想为难你们，可你们是怎样对我的？破坏了我的好事不说，还放跑了我辛辛苦苦捉来的恐龙！既然你们不讲礼节，就别怪我不客气了！”黑衣人首领眯着眼，脸上换上了假惺惺的微笑，故意用甜丝丝的声音说，“你们想让我用什么方法‘解决’你们呀？我一定满足你们的愿望。”

这时，"嘟嘟嘟"的警报声突然响了起来。

"又出什么事了？给我好好看着他们！"首领叫嚣道，"走，跟我看看去！"

首领留下了一名持枪的黑衣人看着秦关博士三人，然后带着其他人往一个洞口走。他走了两步，突然停了下来，回过头恶狠狠地对杨歌他们说道："你们休想再给我玩花招，你们是逃不出我的掌心的！"说完便和手下走出了洞口。

杨歌三人目光对视，脑子里都在想着逃跑的办法。突然，头上的灯"啪嗒"一声全灭了，周围顿时陷入一片黑暗。

"怎么回事儿？"看管秦关博士的黑衣人大声喊道。就在这时，秦关博士三人听见棍子猛击头部的闷响，然后是看守"哎哟"的呻吟和倒地声。

"秦关博士，杨歌，白雪——"一个熟悉的声音在黑暗中响起，随后，手电筒的光束出现了。来人用手电筒光自下巴处往上照，将一张脸照得惨白，舌头还往外吐，看起来十分吓人。

"啊！"白雪吓了一跳，随后惊喜地喊道，"是小开！"

确实是张小开，他在这个时候还不忘跟大伙开玩笑。

可是，张小开怎么会突然出现在这里呢？

这得从早晨张小开被翼龙抓走说起。风神翼龙带着张小开飞回海上小岛的巢中，把张小开扔了进去。张小开意识到自己处境危险，便一动也不动地待在角落里等待逃命时机。大翼龙见张小开一动不动，以为他受了重伤，不会跑了，就扑扇了两下翅膀，朝天空中飞去。张小开趁着这个机会，蹑手蹑脚地逃出了翼龙窝。他跑出了好远，停下喘气时才发现定位仪不见了。没有定位仪，张小开很担心秦关博士会找不到他，但是他又不敢回去取——万一大翼龙回来了，岂不是主动找死？

在接下来的大半天时间里，张小开独自一人在小岛上转悠着。临近中午时分，他登上一处高地观察小岛地形时，看见几个黑衣人押着秦关博士、杨歌和白雪朝一个地方走去。张小开尾随着他们来到了这里。整个基地的门锁都是电脑锁，可偏偏张小开是个电脑天才，无论设了什么密码，他都能用随身携带的巴掌大小的装有黑客软件的电脑破解。他一路用电脑开锁，如入无人之境，竟然在基地里神不知鬼不觉地逛了一圈。在基地里，他一开始没有找到杨歌他们，却发现了关押恐龙的洞穴。他本想像杨歌那样把恐龙全放了，可又怕打草惊蛇，把时空猎手全招来。所以他忍了忍，继续在基地里寻找关押秦关博士三人的房间。

恐龙被杨歌他们放出后在基地里乱窜，张小开意识到杨歌他们可能已经想办法逃脱了，于是再次折返关押恐龙的洞穴。

这之后，他就看见秦关博士和白雪被时空猎手再次抓住，于是悄悄尾随，伺机解救。刚才"嘟嘟嘟"的警报声其实就是他搞的鬼，目的是调虎离山。等首领和他的手下出去后，他就关掉了总电闸，用事先准备好的一根木棍打晕了看守的黑衣人，打开探险手电筒出现在秦关博士三人面前。

张小开被风神翼龙抓走之后的这些经历，现在当然没有时间讲给大家听。他手忙脚乱地帮秦关博士三人解开身上的绳索，然后打着手电在前面带路。张小开早已将基地的地形摸熟，没用多长时间，他就领着大家到了出口处。

"哈哈，自由了！"张小开兴奋地喊道。四人重新置身于白垩纪明媚的阳光里，可就在这时，他们的身后传来了狞笑声。

"别高兴得太早，你们即便跑得出我的基地，也一样逃不出我的手掌心！"是黑衣人首领在说话，他领着手下追出来了。

秦关博士和"校园三剑客"面面相觑。看来，这一回真的是在劫难逃了！

十二、时空特警

"把他们捆上带走！"黑衣人首领的脸沉了下去。他手下的黑衣人拿着枪朝"校园三剑客"和秦关博士围拢过来。

就在这时，天空中突然出现了一艘金光闪闪的飞碟，跟之前在森林公园里见到的飞碟一模一样。飞碟射出一束金光，三四十名全副武装的士兵在金光中从天而降。他们身穿银灰色作战服，戴着头盔，手中造型奇特的枪瞄准了那些时空猎手。

"完了！是时空特警！"黑衣人首领顿时面如土色。他连忙扔掉手中的武器，把两只手高举过头顶。其他时空猎手见大势已去，也只好乖乖举手投降。

原来，22世纪的时空特警一直在各个时代寻找这些以猎杀古生物牟取暴利的时空猎手。秦关博士他们之前接小腕龙时，在森林公园湖边看到的金色飞碟就是时空特警的飞行器。时空猎手的基地藏得很深，因此时空特警一直没有找到他们。可刚才有许许多多的恐龙从基地里涌出，这一异动引起了时空特警的注意。于是，他们一齐赶到，在秦关和"校园三剑客"最危急的时刻救了他们，还将时空猎手的基地一举捣毁。

时空猎手都被时空特警押上了飞碟。秦关博士和"校园三剑客"一齐挥手，向未来世界的时空特警告别。

时空特警的飞碟腾空而起，眨眼间，就像水蒸气蒸发了一样消失得无影无踪——他们进入了时空隧道，正在返回22世纪。

"我们也该回去了。"秦关博士对"校园三剑客"说道。

"校园三剑客"点了点头，四人朝着来时的方向走去。想到就要离开白垩纪，大家的心中都有些恋恋不舍。

傍晚，秦关博士四人快要回到出发地时，大地突然摇晃起来，丛林里大大小小的动物惊恐地四处奔跑。"轰隆隆"，紧接着一连串像打雷的声音不绝于耳。

"这是打雷还是炮击？"张小开吃惊地四处张望。

"快看！那座山在冒烟呢。"白雪指着附近的一座山说道。那山的顶端正不断涌出黑烟和白灰，其间还有火星迸溅出来，附近的天空灰蒙蒙的。那"轰隆隆"的声音就是从那座山的内部发出来的，持续不断。

"那是火山吧。"张小开正在琢磨着，脚底下一阵摇晃，他一个趔趄歪倒在秦关博士身上。

"不好！火山要爆发了。"秦关博士说道，"大家快跑！"

石块、火山灰不断地从火山口喷出，发出震耳欲聋的响声，空气中弥漫着一股呛鼻的硫黄味。通红的岩浆沿着山体直泻下来，缓缓漫向丛林。

很快，火山上空浓烟滚滚，火光冲天。如雷的轰鸣声不绝于耳，灼热的熔岩烧得火山口通红一片。火山灰飘得到处都是，岩浆以排山倒海之势淹没了无数生命。

"看啊，蘑菇云！"张小开一边跑一边回头，身后的景象惊心动魄，无比壮观：火山上空腾起一大股浓烟，在半空中盛开，成了一朵巨大的蘑菇云。

张小开惊叹道："我还以为只有原子弹爆炸时才会有蘑菇云呢！"就算在危急时刻，张小开也对周围的一切保持着高度的敏感。

"小开，快点儿！"杨歌催促道。四人拼命地往前跑。空气中的烟尘越来越多了，沸腾的岩浆就在屁股后面追，"校园三剑客"做梦都想不到，他们竟会亲身经历这种电影大片似的自然灾难。

一股股热浪从身后袭来，形势万分危急。

"大家再加把劲，马上就可以回到时光机了！"秦关博士一个劲地给大伙打气。

　　终于跑到了时光机面前，秦关博士按下开关，"大蟋蟀"的门开了。秦关博士三两下就把"校园三剑客"推了进去，自己也飞快地跳进了时光机。

　　岩浆汹涌而至，再过一秒就要吞没时光机了！

　　说时迟，那时快，秦关博士飞快地按下按钮，时光机轰鸣起来。"校园三剑客"又一次感觉到耳边仿佛有一千挺机关枪在响。

　　在时光机进入时空隧道的一瞬间，火红的岩浆吞没了时光机原来所在的土地。

　　仿佛过了很久，又好像只是过了一瞬，时光机停止了轰鸣，世界恢复了平静。

尾　声

　　就这样，"校园三剑客"和秦关博士惊心动魄的远古探险之旅结束了。

　　张小开时常还是会想念他养过的那只小腕龙。

　　家里每一件小腕龙用过的物品，比如盘子、脸盆、浴缸，都会让他想起和小腕龙在一起的点点滴滴。

　　每次，经过奥林匹克森林公园的天鹅湖时，他都会有一种幻觉，觉得小腕龙还在湖里自由自在地戏水。他会抬头仰望，隔着亿万年遥远的时空，默默地问道："小腕龙，你在远古时代还好吗？你会像我想念你一样想念我吗？"

关于作者和作品

　　杨鹏，中国著名儿童文学作家、国内少儿科幻领军人物。1972年生于福建龙岩，1997年毕业于北京师范大学中文系。出版作品100多部，计1000多万字。主要作品有《装在口袋里的爸爸》、《来自未来的小幽灵》、"校园三剑客"系列、《功夫米老鼠》、《小超人弟弟弟》等，其作品以精彩的想象力著称。他还是中国首位迪士尼签约作家。

　　"校园三剑客"系列获得2014年的全球华语科幻星云奖最佳少儿科幻原创图书奖金奖，塑造了异能少年杨歌、生物迷才女白雪、电脑小天才张小开和无所不能的科学家秦关博士这几个人物。该系列最先以漫画的形式于1995年进行连载，一年后陆续以小说形式发表，系列丛书于1999年首次结集出版。《恐龙世界历险记》是该科幻冒险系列中的一个中短篇。故事以送小腕龙回侏罗纪为开端，带读者身临其境地了解了从侏罗纪到白垩纪的恐龙世界。在惊险刺激的故事中，作家科普了大量的恐龙知识，传播了一定的环保理念，让读者收获颇丰。